ハヤカワ
時代ミステリ文庫
〈JA1508〉

天下小僧壱之助
五宝争奪

鷹井 伶

早川書房
8749

目次

天下小僧壱之助　五宝争奪

登場人物

有瀬壱之助	無役の御家人。実は天下小僧
判二（道化の判二）	渡り中間。壱之助の仲間
宗信（鯰の宗信）	絵師。贋作づくりの名人。壱之助の仲間
川村喜左衛門（竜の頭）	ご隠居。元は大盗賊
千与	喜左衛門の養女
哲善	聚蛍寺和尚
勘助・おたつ	有瀬家で下働きをしている夫婦
蟹丸彦三郎	火附盗賊改方同心
朽木寿綱	火附盗賊改方長官
花嵐のお蘭	牛頭の愛人
牛頭	極悪非道の盗人
法秀尼	鎌倉東慶寺院代
法春尼	東慶寺の尼僧
おみち マツ	東慶寺の駆け込み女
粂三	髑髏明神
紙屋長兵衛	水戸藩御用達の紙問屋
伊達斉邦	仙台藩当主
又蔵	松島の旅籠の主人
照雲	瑞巌寺の僧
徳川斉昭	水戸藩第九代当主
吉子	斉昭の正室

序　盗みの流儀

桜の季節になったとはいえ、夕闇の中、大川を渡る風は肌に冷たい。だが、吉原を目指して猪牙舟に乗り込み、浮かれ気分の男たちにしてみれば、かえって心地よいぐらいのものである。提灯に照らし出された可憐な薄紅色の桜花は、今宵抱く女の柔肌を思わせ、気分はもう紅絹の夜具の中――。

気もそぞろな遊客を乗せた猪牙舟がみな一直線で山谷堀へと向かう中、一艘だけがすっと離れて、対岸の向島へと進路を変えた。

乗っているのは恰幅の良い頭巾姿の老人と、粋な黒羽織の芸者それに幇間。どこかのご隠居が花見に出かけ、その帰りに芸者を伴って少し遠出としゃれこんだということだろうか。幇間が舟を操っているのが少し奇妙ではあったが、見咎める者など誰もない。

舟は大川から続く細い水路へと吸い込まれるように入っていった。長い白塀が続き、ところどころから、松の見事な枝ぶりが覗く。

通好みが贅沢(ぜいたく)に金を使って作らせたとわかる門の前で舟は止まった。

「これは、お早いお戻りで」

老人を見た門番が驚きの声を上げた。

「良いご機嫌でございますよ」

と、お調子者らしい幇間が老人の代わりに答えた。

老人はかなり酔って足元がふらつくらしく、芸者に手を引かれている。

「あれあれ、殿様、危のうございますよ」

老人が芸者の肩にすがったのを見て、門番は慌てて手を貸そうとした。が、老人は邪険にそれをはねのけた。

「どけ」

「もうぉ、そのように怖い顔をなさって」

芸者は老人を優しく諭してから、門番に艶然(えんぜん)と微笑んでみせた。見かけない顔だ。すっきりとした切れ長な目に長い睫毛(まつげ)がえらく色っぽい。

「私が中までお連れしますから」

「はい。申し訳ありません」

奥からも近習侍が押っ取り刀で出てきたが、老人は彼にも手出しを許さず、芸者の肩を借りて、奥へと消えた。

いつものこととはいえ、横柄な態度だ。近習侍と門番は、やれやれと肩をすくめた。

「ささ、一杯参りましょう。灘の下り酒でございますよ」

と、後に残った幇間が徳利と盃を差し出した。

「殿様からのお流れですからご遠慮なく」

「なんと！　珍しいこともあるものだな。せっかくだからいただこうか」

と、まず近習侍が手を伸ばし、門番もおこぼれを頂戴した。

老人のお忍び遊びは毎夜のこと。たまには家臣をねぎらってやろうとでも言うのであろう。まだ肌寒い夜に、酒はありがたい。しかも下り酒とは気が利いている。仕込みの水が良いせいか、滅法のど越しがいい。胃の腑に落ちた酒は、冷えた身体をほどよく温めてくれる。

「殿様のお世話は、さぞやご苦労なことでございましょうねぇ」

「わかるか」

「はい、それはもう。私なんぞは一日と持ちますまい」

と、幇間は自虐的な笑いを取りつつ酒を注いでいく。

「ここだけのお話、どうしてああ、偉そうなんでしょうねぇ」

「金があるからさ」

「金があって女にもてて、羨ましいお大尽さまさ」

酒が回れば多少の愚痴もこぼれる。

隠居したといっても老人は九千石の旗本。一万石で大名格なのだから、俸禄三百俵ばかりの徒頭の家に生まれた男としては栄華を極めたといってもいいだろう。彼は小納戸役、小姓頭として将軍家のお側近くで信頼を勝ち得て、さらには養女を側室として差し出し、江戸城の奥を牛耳ってきた。つまり、老人は若い女を出世の道具にした訳だ。醜悪な私利私欲の塊。我が主人ながら、あまり褒められたことではない。世間でも嫌われ者だ。だが、老人の権勢は衰えを知らず、隠居しても尚、将軍家の側近として勝手お構いなしの御墨付きをもらっている。蟻が砂糖に群がるごとく、利権を求めた商人や大名から送られた付け届けで蔵はいっぱいだ。なのに、ケチときている。使用人のことなどその辺に生えている草ぐらいにしか思っていない。

「まったくやってられない」──

酒の一杯や二杯で日頃の憂さが晴れるわけではないが、門番も近習侍も機嫌良く盃を重ねた……。

「何をしておる！　揃いも揃って！」

いつの間にか寝入っていた門番と近習侍は我に返って、慌てふためいた。

女と寝所でしっぽりしているはずの老人が目の前の舟から怒鳴り声を上げている。

「と、殿様！　……お、おんなは、ど、どうなさった、ので」

「女？」

「い、いきなおねぇぇさんで……わ、わしらにもうまいお酒を」

門番はろれつが回らない。近習侍の方はというと、起き上がろうと試みてはいるものの、足腰が立たないのか、不格好にひっくり返ってばかりいる。

「何を言っている。寝ぼけおって！」

老人は家臣たちを叱りつけた。

「たるんでおるぞ！」

どいつもこいつも、主人の留守に酒を飲んで眠り込むとは！

怒りが収まらないまま屋敷へと入った老人にさらなる悲劇が襲いかかった。

命よりも大切な金蔵の鍵が開いていたのである。

「これは……」

あれほど詰まっていた千両箱の影も形もない。有名な書画や骨董の類いも何もかもが煙のように消えて失せ、残されていたのは、『天』と書かれた札一枚……。

老人が札を握りしめ、わなわなと震えていたとき、お宝を乗せた舟は大川をゆったりと下っていた。櫓(ろ)を器用に操っているのは、例の調子のよい幇間だ。

「今頃は大騒ぎでしょうね」

「ああ、あの爺さんがどんな間抜け顔をしているか、見たかった」

と笑いながら応じたのは、恰幅の良い頭巾姿の男。頭巾を取ると、黒々とした髷(まげ)が現れた。老人を真似てはいたが、髪同様に実際の肌の色つやは若い。

「なぁ、そう思わないか、壱(いち)」

男は頭巾を手に、舳先(へさき)にいる芸者、いや壱之助(いちのすけ)の背に呼びかけた。

返事の代わりに、壱之助の頬がふっと緩んだ。だが、もう次の仕掛けを考えているのか。そのすっきりとした切れ長の眼はどこか遠くを見つめたままだ。

狙うは強突く張りの金持ちばかり。犯さず殺さず、鮮やかに、ただ残っているのは、『天』と書かれた札のみ――それが天下小僧一味の流儀であった。

第一章　血流し観音

一

思えば奇妙な話だった。あの天下小僧が、箱根の湯に潜伏(せんぷく)しているというのだから。

「本当に天下小僧がここいらにいるっていうのかい？」

「ああ、蟹丸(かにまる)とかいう火盗改(かとうあらため)の役人が宿役人と話していたから間違いない話だよ」

「おお、それそれ、俺も聞いたぞ、その話」

湯に浸かりながら、自然と顔馴染みになった者同士が話を始めると、横にいた者も口を挟む。

「天下小僧も捕まっちまうのかねぇ」

胃弱で湯治(とうじ)に来ているという男が神経質そうに眉を曇らせる。

「おっと、お前さん、天下小僧の贔屓(ひいき)かい？」

「贔屓ってわけじゃねぇけど」

「俺ら贔屓だよ」

と、あっさり言ってのけたのは、伊勢詣りに向かうという男であった。

「瓦版読むだけでも、スカッとするじゃねぇか」

すると、さきほどの胃弱の男も頷(うなず)いた。

「確かに。溜飲(りゅういん)を下げてくれる者がいなくちゃね」

天保に入ってからというもの、京や美濃で地震が頻発(ひんぱつ)、さらには富士の裾野で地震と豪雨により大洪水が起きるという具合で、天候は荒れに荒れ、飢饉(ききん)も続いていた。当然、米の値段は高騰続き、庶民の鬱憤(うっぷん)は溜まりに溜まっていたのである。

「碩翁(せきおう)屋敷の一件は読んだかい？」

碩翁——向島に広大な屋敷を持つ中野碩翁は、十一代将軍家斉(いえなり)の側近として栄華を極め、隠居となった今も陰(かげ)で幕府を操っていると噂される怪人物であった。

「ああ、読んだ読んだ。碩翁自慢の金蔵はすっからかん。後には『天』の一文字のみってね。ありゃ痺れたねぇ」

「小気味良いったらなかったよ」

そうだ、そうだと男たちは頷き合った。

「碩翁は怒り心頭、とにかく天下小僧を早く捕まえろと盗賊改方に怒鳴り込んだそうな」

「それで、百両首がかかったってわけか」

最初に、役人たちの会話を聞いたと言い出した男がそう答えた。

「おい待て、百両だと！」

贔屓だと言っていた男が素っ頓狂な声を出した。今にも湯から飛び出して、捕まえに行こうという勢いだ。

彼以外の男たちも、みな、賞金百両と聞いて、ごくりと唾(つば)を飲み込んだ。

「そりゃ本当の話かよ」

「この耳ではっきり聞いたさ」

「じゃあさ、ってことはだよ。捕まえるのは無理だとしても、見かけたとでも言えば、十両ぐらいにはなるんじゃねぇか」

と、山っ気を出す者もいる。

「けどさぁ、天下小僧は変装の名人っていうじゃねえか。本当の顔を見た者はいねぇって」

「男は男なんだろ」

「まあな、小僧っていうぐらいだから、小柄なんだろうけどさ」

「いや待て、碩翁の一件だと、天下小僧一味は男二人女一人の三人組っていうじゃねぇか。頭は女かもしれん」

「そういやぁ、呉服問屋の若狭屋がやられたときには、大奥のお女中姿で現れたんだろ」

「いや、俺が聞いた話だと、天下小僧は若衆髷の優男だって」

「優男か、出会うなら色っぽい姐さんがいいけどなぁ」

という具合で、男たちが身体を洗うのも忘れて、話に夢中になっていると、またまた、さきほどの老人がぽつりと呟いた。

「……それにしても、なんで天下小僧はこんな所にいるんでしょうねぇ」

男たちは湯の中で、顔を見合わせ、首を捻った。

そのうち、一人が慌てて湯から上がると、脱ぎ捨てていた着物の間にしまっていた巾着を確かめてから安堵の吐息をもらし、他の者の失笑を買った。無論、天下小僧がそんな小金を狙うはずはなく、老人の問いに答えられる者は誰一人いなかったのである。

さて、この天下小僧話が盛り上がったのは、箱根七湯のうち、江戸に一番近い湯本の湯宿でのことであった。

箱根七湯といえば、江戸の庶民にとって、草津や熱海と並んで人気が高い湯治場で、湯本、塔ノ沢、堂ヶ島、宮ノ下、底倉、木賀、芦ノ湯の七つの湯宿からなる。

古くは奈良に都があった頃、泰澄という僧が疱瘡に苦しむ人たちのために白山権現に祈っていたところ、山が裂けて温泉が湧き出たという話もあるくらいで、湯は「諸病に良し」とされた。鎌倉の頃より、源頼朝、北条氏、さらには太閤秀吉と数多くの武将が箱根の湯で疲れを癒した。

もちろん、徳川将軍家とのゆかりも深い。三代将軍家光の頃からは、汲み上げた湯を樽に入れ江戸城まで運ぶという「献上湯」がおこなわれており、街道沿いから江戸の町にかけて、箱根に名湯ありという話は知れ渡っていた。

文化八（一八一一）年には、箱根七湯の案内書である七湯集も刊行され、さらに人気に拍車がかかった。七つの湯宿はそれぞれに趣が異なり、無味無臭の湯もあれば、塩辛い湯もあれば、白濁した湯もあるという具合だし、効能も違う。

歴史ある仏閣や史跡巡りも楽しいし、富士のお山も近いし、美しい湖もある。

日本橋から箱根まで、男の足で三日はかかるし、道中には山賊や追いはぎの噂が絶えない深い森や女転し坂などという物騒な名前がついた山道もあるにせよ、行ってみたいと願うのが人情というもので、庶民の間で箱根の人気は不動のものとなった。

東海道を上方へ向かう者も、関所を通る前にひとっ風呂浴びて行こうと考えるのが常で、箱根七湯はどこもかなりの繁盛ぶりであった。

天保七（一八三六）年弥生――山深い箱根でも雪が溶け、桜の蕾（つぼみ）が綻（ほころ）ぶこの季節は、ただでさえ、湯治客と関所通過待ちの旅人で混雑するというのに、関所の手前、塔ノ沢から宮ノ下へかけての道で、崖崩れが起きたのが七日前のこと。さらには、湯本の東、江戸、小田原へと向かう街道で崖崩れが起きてしまい、湯本、塔ノ沢は、陸の孤島という状態になった。

もうこうなりゃ、道が通るまでのんびり湯治だと決め込む者たちと、急ぎ江戸へ出立したい参勤交代の御大名ご一行がぶつかって、狭い山間はごった返しの有様（ありさま）。

湯だけはたっぷりあるにせよ、周りは山、また山。

暇を持てあましている客たちの中で、天下小僧の噂は瞬く間に広がったのであった。

二

「すげぇ、見てくださいよ、つるっつるでさぁ」

無邪気に声を上げながら、判二が障子を開けて入ってきた。

湯上りでほてる身体を鎮めるためか、浴衣の片袖を脱いだままだ。

「ほら、見てくださいって。こんな肌は吉原でもそうそう拝めませんぜ」

生意気盛りの若者らしく、判二はそう言って、自分の腕をぐいと差し出した。顔はあばたが目立つが、二の腕は肉付きよく張っていて、血色よく艶やかだ。

部屋の窓辺に腰掛けて、外を眺めていた壱之助は、自慢げな判二の腕をパンと勢いよく叩いた。痛いと大げさに顔をしかめた判二の身体からは湯の花の匂いが漂っている。

「よくまぁ、そんなに入ってふやけないものだな」

「せっかくだから、兄ぃも入ってくりゃいいのに」

「ここで兄ぃはよせ」

「へぃ、旦那さま」

おどけた調子で答えると判二は、女中が用意してくれていた朝餉の膳を覗き込んだ。

「ああ、惜しいねぇ、まったく」

「何がだ」

筍の木の芽和えにぜんまいの炊きもの……と、地元の山菜を使った煮物料理はこの宿の自慢料理である。

「そりゃまずくはないですよ、けどいくら何でもこう毎日続くと飽きますって。せめて、川魚に酒でもついてくれなきゃ」

判二は煮物をつまみながら、不満げだ。

「朝寝朝風呂し放題だと大喜びしていたのはどこの誰だったかな」

そう答えながら、壱之助は窓の外へとまた目を転じた。

ここは、湯本の湯宿、万字屋。壱之助のいる二階からは、芦ノ湖を水源とする早川と須雲川が合流し、一つになるさまが見える。東海道の本道は須雲川沿いの方で、いわゆる箱根八里という厳しい道を越え、箱根の関所へと至る。一方、早川沿いは脇道で、さらに山奥へと進むと、塔ノ沢から、宮ノ下へと至るのである。

湯本というぐらいだからこの辺りには湯宿がひしめきあっている。その中で、壱之助がいる万字屋は小ぢんまりとしているが趣味の良い調度類や内湯があり、日本橋界隈の大店の主人が好んで使う宿として知られていた。

壱之助は今年二十八、無役の御家人である。といっても根っからの家柄ではない。八年前、彼は御家人株を買い、有瀬壱之助と名乗っている。だが、幕臣となって出世がしたいわけではない。それが、一番都合が良かったからに他ならない。

外見はすらりとした細身で、男にしては色が白い。きりりとした切れ長の目に長い睫毛、聡明さを感じさせるすべらかな額、涼やかな顔立ちだ。明るく賑やかな判二と比べ、おっとりとした話しぶりで、言葉数は少なく、自分のことはあまり話したがらない。何を考えているのか摑めず、少し謎めいてもいるが、壱之助の微笑んだ顔はとても優しげで、暴れ馬や嚙みつき犬ですら、彼の前ではおとなしくなる。見ているだけで心が柔らかにほぐされる不思議な魅力があるのだろう。それゆえ、老若男女を問わず、壱之助を慕う者は多い。道化の判二と二つ名を持つこの若者も、壱之助を慕う一人で、頼まれてもいないのに壱之助の家の郎党として一の子分を自認している。

五百両ともいわれる御家人株を買っての自由気ままな暮らしぶり、有瀬壱之助――これが天下小僧壱之助の表の顔であった。

「宗信さん、今頃どうしてるかなぁ」

そう言いながら、判二は膳の小鉢に手を伸ばした。

「さぁ、湯治に来たかったとぼやいているかもしれんぞ」

宗信も鯰の宗信と二つ名のある盗人である。鯰と呼ばれるのはのっぺりとした鯰顔だからというのは本人の弁だ。確かに平板な顔立ちで、あまり印象に残らないのが盗人としては利点だ。彼の表の顔は絵師で、かなりの腕の持ち主だ。まともに絵師としても喰っていけそうだが、いかに贋作を上手く描くかということに腐心していて、それがばれないことに至上の喜びを感じるという変人だ。今回は贋作づくりに専念したいと江戸に残った。宗信もまた判二同様、壱之助に惹かれて血兄弟の契りを結んだ。そう、この三人こそが碩翁邸でお宝をごっそりいただいた天下小僧の一味なのであった。

「おはようございます。有瀬さま、よろしいでしょうか」

廊下から若い女の声がした。

「おっといけねぇ」

判二が慌てて、身づくろいをして部屋の隅に控えた。それを見届けてから壱之助は「どうぞ」と声をかけた。

障子が開いてまだ年若い娘が顔を出した。名は千与、歳は十七。乙女島田に結った髪も初々しく、黒目がちの瞳は好奇心旺盛なのかくるくるとよく動き、心根をそのまま映したようなすべすべした白い肌、ちょっと上を向いた鼻と、実に愛らしい顔立ちをしている。

「お千与さん、おはようございます!」

判二が元気よく挨拶をした。

「おはようございます、判二さん。またお湯に入ったのね」

と、千与が微笑んだ。頬に小さく笑窪が浮かぶのもかわいらしい。

「わかりますかい？」

「そりゃもう、ピカピカのお顔だもの」

褒められたと判二は嬉しそうに頭をかいた。

「何か御用では？」

と、壱之助は問いかけた。

千与は頷くと、壱之助に向き直った。

「はい。じじさまがお呼びでございます」

千与がじじさまと呼ぶ老人、川村喜左衛門は白髪の細面に優しげな眼差し、好々爺然としていて、大店の隠居という触れ込みだが、実は彼にもまた裏の顔があった。

かつては旅芝居の一座を隠れ蓑とし、大勢の子分を使い、京大坂を中心に、稼いだ金は数十万両、竜の頭と呼ばれた大泥棒としての顔だ。竜の頭は常に念入りに準備をし、子分たちには「決して人を殺さず、犯さず」を守らせた。天下小僧がいわゆる綺麗な盗みをするのは、この竜の頭の徹底的な仕込みがあったからである。

八年前――、突如、竜の頭は子分たちに分け前を与え、一線から退くと宣言した。あまりに突然のことで壱之助たちは竜の頭が不治の病にでも罹ったのではないかと心配したほどであった。だが、そうではなく、竜の頭は隠居して川村喜左衛門と名乗ると、どこからか少女を引き取り、育て始めた。その少女千与が一味解散の理由であることは明らかであったが、彼女の氏素性について喜左衛門が語ることは一切なく、壱之助たちにも詮索を許さなかった。壱之助はそのときの金で御家人株を買い、弟分の判二は壱之助から離れなかった。しばらくして鯰の宗信が合流し、天下小僧が生まれたというわけだ。

今、十七歳になった千与は喜左衛門をじじさまと呼んで慕い、喜左衛門も孫のように慈しんでいる。当然、千与は喜左衛門を堅気と信じているし、壱之助たちのことも喜左衛門と仲の良いお武家さまという認識しかない。

今回の箱根の旅も、壱之助と判二は自分の大切なじじさまの湯治に付き合ってくれていると思い込んでいるのであった。

「すぐに伺うとお伝えを」

壱之助の返事に千与はこくりと頷くと、部屋を辞した。

「ふ〜」

と、判二がつまらなそうに息を吐いた。千与が去った後はいつも舞い込んだ蝶がひらりとどこかへ飛び去ってしまったような寂しさがある。

壱之助は小さく苦笑すると、また外へと目を転じた。その視線の先には湯本の本陣があった。

本陣とは大名や旗本、幕府役人、勅使、宮、門跡など身分が高い者の宿泊先として指定された家のことで、その土地でも格式のある旧家・大地主、名主などの家がそれにあたる。湯本の本陣もその格式の高さを表すためか、高い塀に囲まれた立派な門構えの建物で、その門口には、「鍋島肥前守様御旅宿」の札が掲げられていた。

そう、今回、有瀬壱之助こと天下小僧壱之助が狙う宝は、佐賀鍋島家が家宝とする『翡翠観音』であった。

三

佐賀鍋島家の家宝、『翡翠観音』――。

その名の通り、翡翠で造られた観音像である。高さはおよそ五寸（十五センチ）、翡翠独特の透明感のある乳緑色のこの像は、観音さまが赤児を抱いた姿を刻んだものだ。

観音さまの慈愛に満ちた眼差しはその胸に抱いた赤児に注がれ、赤児もまた観音さまへと目を向け、無垢な笑顔をみせている。観音さまの胸の膨らみと赤児の顔は共に、柔らかそうにふっくらとしていて、滑らかな石が艶やかさを醸し出している。

見る者に清廉さと美しさを感じさせる母子観音像を子安観音と呼ぶ人もいるだろう。

だが、この観音像は別名『血流し観音』。口にするのもおぞましい名前も持っている。

遡ること、およそ二百年前、寛永十四（一六三七）年、九州長崎で、続く飢饉と厳しい年貢の取り立て、さらに重い賦役を課せられた民は、大がかりな一揆を起こした。いわゆる「島原の乱」である。

一揆勢の中に、ご禁制の切支丹が加わっていたことから、幕府側はこれ幸いと容赦ない制圧をかけた。だが、一揆勢の中には、切支丹大名だった小西行長や有馬春信の旧郎党が多く混じっており、すぐさま鎮圧ということにはならなかった。

蜂起から二ヶ月後、一揆勢は、わずか十六歳の天草四郎を総大将とし、島原の原城に立てこもり、さらなる抵抗をみせ始める。立てこもった人数は三万人とも四万人ともいわれ、そのおよそ半数が戦うことができない女子供、老人だった。

このとき、原城の中で、民らが崇め、祈りを捧げていたのが、この『翡翠観音』――母子観音に似せて作られたマリア像だったのである。伝え聞くところによれば、日本初の使節団として西欧に渡り法王に謁見した支倉常長が持ち帰ったものだと言われる。支倉常長は主君伊達政宗の命を受け、エスパーニャ（スペイン）に渡り洗礼を受け日本人初のローマ貴族にまでなったが、在欧中に日本では切支丹の弾圧が始まり、禁教令が敷かれた中、帰国。失意のうちにその生涯を閉じた。彼の手からどういう経緯があったのか、ともかくこのマリア像は、原城で常に天草四郎の傍らにあり、切支丹らの苦しみに寄り添い、その嘆きを聞いていたのだった。

幕府は総勢十万を超える討伐軍を動員したが、城の守りは堅く、攻撃は失敗に次ぐ失敗であった。寄せ集めの討伐軍に比べ、一揆軍の戦意が高かったためであった。

苦戦を強いられた幕府軍は兵糧攻めに作戦を切り替えた。そして、いよいよ兵糧が切れた二月の終わりに総攻撃をしかけた。このとき、先陣を切った（抜け駆けだったともいわれる）のが、勇猛果敢で知られた佐賀鍋島藩であった。

佐賀鍋島藩の初代藩主鍋島勝茂（かつしげ）は、四郎らが立てこもった原城に攻め込むと、陣中旗を奪い、同時に、『翡翠観音』像を入手し家宝とした。

総攻撃によって、原城落城、天草四郎は討ち取られ、城にいた者殆どが惨殺された。この凄惨な戦場（いくさば）の中で、人々の断末魔の声を聞いたマリア像は、鍋島家に運ばれてから毎夜、真っ赤な血の涙を流していたとされる。祟りを畏れた鍋島家ではこのマリア像を誰の目にも触れさせぬ秘宝とし、鍵をかけた厨子（ずし）に入れ、城内の蔵の奥に保管してきたのだ。

この話を、当代の将軍である徳川家斉が聞きつけた。

「そのようなマリア像があるなら、是非にも見たい」

鍋島家当代直正の正室は、家斉の十八番目の娘盛姫で、家斉が最も愛した姫であった。おそらくはその盛姫から聞き及んだのだろう。悪趣味だが、将軍家の所望とあれば聞かねばなるまい。

鍋島家では参勤交代で出府する直正の行列と共に江戸へと運ぶことにした。江戸桜田にある鍋島家の上屋敷に入られてしまっては、警備はより厳重となってしまう。お宝をいただくには移動中にけりをつけた方がよい。そこで壱之助は佐賀鍋島藩の一行が湯本に到着するのを待って、湯本が孤立するように、道に発破をかけて塞いだ。獲物は袋の鼠だ。あとはどう料理をするか、だけである。

「心配ご無用。たかが盗人一人に右往左往している輩の手など、借りようとは思わぬわ」

「我らを誰だと思っている。さぁさ、帰れ帰れ」

湯本本陣の佐賀藩警備の面々は口々にそう言うと、蟹丸彦三郎を追い立て始めた。まるで彷徨い込んできた野良犬を追い払うような粗略な扱いだ。

「いや、しかしですな」

「話は終わったはずだがな」

「聞こえぬのかな」

警備の者たちはにやにやと笑い、まったく聞く耳を持たない。

彦三郎は、むっとしつつも、

「さようですか。では何かあればご遠慮なく」

と、律儀に深々と頭を下げて踵を返した。

妙に礼儀正しいこの男、蟹丸彦三郎は火附盗賊改方の同心である。

火附盗賊改方といえば、切り捨て御免、盗賊にとっては天敵、泣く子も黙る怖い存在だ。その中でも彦三郎は若輩ながら、心形刀流免許皆伝。剣の腕は火附盗賊改方の中でも一、二を争う。なのに、その色白の童顔がいけないのか、どこへ行っても頼りなく見られてしまう。この日も、警備を買って出るつもりで鍋島家に足を運んだのだが、勇猛果敢で知られるお家柄の鍋島家の面々から、軽くいなされてしまったというわけだ。

門前払いを受けた彦三郎は早川に面した茶屋で一服することにした。

「すまんが、こっちにも団子を」

暇を持てあました泊まり客が大勢来るせいか、えらく忙しそうに立ち働いている茶屋娘に、遠慮がちにそう告げると、彦三郎は、ようやく空いている席に腰を下ろした。

彦三郎は甘いものに目がない。特に、甘じょっぱいたれがかかった団子は大の好物だ。幟(のぼり)に「だんご」と書かれてあるのを見ると、見過ごせず、足が止まってしまう。その点では童顔が幸いだ。

「はい、お待ち！」

元気のよい茶屋娘が団子を一皿置いていった。

団子は二本、とろりとした醤油色したたれがこぼれんばかりについている。

さっそく、一串頬張ると、思わずほーっと吐息がもれた。胃の腑(ふ)が落ち着くと、さっきまでの緊張も解けていく心地がする。

「やれやれ、それにしても、あれほど馬鹿にせずともよいものを」

と、彦三郎は独りごちたが、強く押して居座る気もなかった。

十日前のことだ。彦三郎は、上役、火附盗賊改方長官・朽木寿綱(くつきひさつな)から箱根に行けとの命を受けた。

「よいか。天下小僧を必ず捕縛し、連れ帰るのだ」

江戸城から戻ったばかりの朽木のこめかみは、神経質そうにピクピクと動いていた。

ご重臣たちから、いつまで天下小僧を野放しにしておくのかとせっつかれてきたに違いないと、彦三郎は思った。

「よいな」と、念押ししてから、朽木はそっと胃の腑を押さえた。持病の胃弱が出た様子だ。本当なら、長官自身が箱根で静養したいところだろう。大丈夫ですかと問いかけようとしたが、また怒鳴られそうな気がして彦三郎は言葉を呑み込んだ。

「なんだ！」

「いえ。……それにしても、その投げ文はまことでありましょうや」

と、彦三郎は問うた。

天下小僧が鍋島藩の秘宝を狙って箱根で待ち構えている――そんな怪しげな文が役宅に投げ込まれたことは知っていた。だが、そんなものを鵜呑みにして箱根くんだりまで出向くなんて、愚かとしか思えない。普段の長官なら一笑に付すようなことだ。

だが、朽木は苛々と目を尖らせた。

「とにかく、出没するというのだから、行ってこい！」

「は、ははぁ」

こうして押っ取り刀で箱根へと向かう羽目になったわけだが、彦三郎はいま一つ乗り気でなかった。

いや、捕縛したい気がないわけではない。

天下小僧などと、大仰な名前を名乗っているところは、いけ好かない。だが、奴が狙う相手は強欲で鳴る中野碩翁はじめ、情け容赦ない金貸しや買い占めで儲けた米問屋など、どう見ても虫が好かない者ばかりだ。盗み方にしても人を殺さず犯さずの鮮やかな手並みで、感心こそすれ、忌み嫌う相手ではない。庶民が喝采したくなる気持ちもよくわかるのだ。

さきほどの佐賀鍋島の者たちにしても、そうだ。こっちを小馬鹿にしているのが見て取れる。もしも、天下小僧があの連中をのけぞらせるようなことをしでかすのであれば、それはそれで小気味良くもある。

「いかん、いかん、そういうことを考えては」

と、彦三郎が生真面目に呟いたときであった。見覚えのある顔が視界の端に入った。

「あれ！　壱之助さんじゃないですか！」

言いながら、彦三郎は思わず立ち上がっていた。箱根で無二の友と出くわすなんて、これ以上に嬉しいことはない。

彦三郎が有瀬壱之助と知り合ったのは、かれこれ三年ほど前のことになる。ある日、彦三郎が師範代を勤める下谷(したや)の道場に壱之助がふらりと現れ、稽古を所望したのである。

「なんと頼りなげな」

線の細い壱之助を見た瞬間、自分のことは棚に上げて、彦三郎はそう思った。

心形刀流伊庭道場は質実剛健、古風な厳格さと荒稽古で知られる。新人はまず激しい打ち込み稽古の洗礼を受ける。御家人だとは聞いたが、無役のままぶらぶらしているような男なら、すぐに音を上げてしまうだろう――彦三郎だけでなくその場にいた者がみなそう思った。だが、意外にも壱之助はするすると打ち込み稽古をこなした。息が乱れるわけでもなく、汗ひとつかいている様子がない。

請われるがまま立ち合ってみると、さらに不思議さは増した。

壱之助の立ち姿はゆらりとしていてどこか間が抜けているようにさえ思える。そのまなざしと同じく焦点が定まっていないのだ。なのに隙がない。

「この構えはいったい……」

彦三郎はここ数年感じたことのない焦りを覚えた。師範代としてなんとかしなくては周りに示しがつかない。だが焦れば焦るほどに、壱之助の姿はゆらゆらと摑みどころがなくなっていく。すぐ近くにいるはずなのに摑めない。まるで逃げ水のごとくの構えなのだ。

「えいっ」

痺れを切らした彦三郎は先に仕掛けた。得意の居合を躱せる者はそうはいない。

が、次の瞬間、壱之助の頬がふっと緩んだ。

全てを包み込むような柔らかな笑み——あっと思う間もなく、彦三郎は胴を取られていた。

「えっ……」

彦三郎も周りで見守っていた者たちも一瞬何が起きたのかわからず、立ち尽くした。

それほどに壱之助の動きは速かった。彦三郎がうぐっと腹を押さえて片膝をついたのを見てはじめて、周りの者は彦三郎が一本取られたことに気づいたのだった。

心形刀流においては最も大切にされるのは心の修養であった。技は形であり、心によって使うもの。心が正しければ技は正しく、心の修養が足りていなければ技は乱れる。

つまり、焦った時点で彦三郎の負けは決まっていたのである。

「恥の上塗りをしてはならん」

いきり立った者たちを彦三郎はそう言って抑えた。ここにいる者が敵う相手ではないのは明らかだった。それよりも素直に負けを認める潔さこそが肝要であった。

「いかほどご入用だろうか」

看板を持っていかれることだけは避けたい。その一心で恥を忍んで彦三郎は問いかけた。だが、壱之助は淡々と木刀を収め、深々と一礼した。

「今のはただのまぐれでございますよ。お気遣いは無用に願います」

壱之助の物言いは嫌みでもなんでもなく、おごるところもまったくなかった。強さをひけらかすわけではない。金を要求するわけでも、看板を取ろうというわけでもない。

壱之助が浮かべる柔らかな笑みは周囲の者を戸惑わせた。

「それでは。お邪魔した」

もう用は済んだとばかりにさっさと道場から出て行った。

彦三郎は道場の外まで壱之助を追いかけ引き止めた。

「しばし、しばし待たれよ。どこで、どこで剣を学ばれた?」

「師は持ちません」

壱之助は穏やかな笑顔を浮かべたまま踵を返した。その飄々とした後ろ姿を見送っているうちに、彦三郎は、壱之助という男をもっと知りたいと思ったのである。

壱之助もまた、彦三郎と出会ったときのことを鮮明に覚えていた。

壱之助を追いかけてきた彦三郎は、まるで子供が大好物を見つけたときのような勢いで、彼の前に回り込み、こう迫ったのだ。

「どうか、私の友になってください!」

「いや、そのようなことは困る」

「いいえ、何としても頼みます。わが友になってください！　私は火附盗賊改方の同心をしております。友が駄目なら剣の師と呼ぶことのお許しを！」

「いやいや、それは余計に困る」

壱之助にとって、火盗改の役人でもある彦三郎と仲良くなることなど、考えたこともないことだったし、判二や宗信にしても、あり得ないことであった。

「まさか、そいつを仲間にしようっていうんですかい？」

「いや、そうじゃねぇ。ただ友になりたいんだと」

「はぁん？」

「だいたいそんな場所で腕試しなんぞするからいけねぇんだよ」

判二も宗信も呆れ顔で壱之助を責めた。

しかし、なぜと訊かれても、壱之助はやってみたかったとしか答えられなかった。若気の至りと言えなくもない。江戸でも評判の道場で自分の腕がどの程度まで通用するものなのか、試してみたいと思ってしまったのだ。

その場限りのことで、立ち合う相手のことなどは考えてもいなかった。ましてや友になれと言われる羽目になることなど、まったくもって計算外であった。

ところが、竜の頭、喜左衛門は面白がった。

盗人と火盗改が友になる——なんと奇妙で愉快な話ではないかというのだ。

「人は出会うべくして出会うもの。その御仁との出会いもお前にとって必然かもしれん。儂(わし)とお前のようにな」

確かに、壱之助にとって竜の頭との出会いは必然であった。

壱之助は芸州(げいしゅう)（広島）の小藩で生まれた。代々奥医師を務める家柄で、父もまた評判の名医であった。父は頼ってくる者がいれば、貧富、身分の差を問わず、必ず診察をしていた。金の代わりに野菜を持ってくる農夫も多く、そういうとき、父が「旨そうな青菜だ」と嬉しそうに礼を言う姿を壱之助は今でもはっきりと覚えている。農夫は恐縮して何度も頭を下げていたが、父は「私ができることをしただけのことだよ」と頷き、母はそんな父を優しい目で頼もしそうに見つめていた。

壱之助の目元は母似だ。母は包み込むような笑顔の人で、掃除に料理、どんなことも丁寧にこなした。控えめではあったが、悪いことは悪いとはっきりと言う。信念をきちんと持った、芯の強い人であった。父はそんな母を心から愛していたし、母も父をいつも頼りにしているのが子供心にもよくわかった。

壱之助はこの両親に慈しまれ育った。幼い頃から自分も父の跡を継いで、立派な医者になるのだと信じて疑っていなかった。その道が突然閉ざされたのは、壱之助がまだ元服前の十歳のときのことであった。

父が幼君を毒殺した罪で捕らえられてしまったのである。

母も壱之助もそんなことは信じられなかった。当人は無論のこと、父に今まで世話になった者たちもこぞって、無実を訴えた。だが、それらの声は封じ込められ、きちんとした取り調べもないままに斬首されてしまったのである。

父がお世継問題に絡んだ陰謀のために罪を押しつけられたと知った母は、壱之助を連れて密かに藩を出た。壱之助の母は、息子を守るためにも、この非道を幕府へ訴え出ようと決意したのである。

だが、大坂まで来たところで追っ手に捕まり、母は壱之助の目の前で無惨にも斬り殺されてしまった。壱之助もまた斬られて瀕死の重傷を負った。

そのとき、壱之助を救ったのが、竜の頭だったのである。

傷が癒えても帰る家のない壱之助は、竜の頭率いる旅芝居一座の一員として、諸国を巡ることになった。いつか父母の仇（かたき）を討ちたいという思いの中で、剣術柔術を学び、請われるがまま、盗みの腕を磨いた。竜の頭が狙うのは金に汚く弱い者虐めをする大店か代官ばかり。壱之助は、彼らに両親を殺した相手を重ねることで、生きていく力を得たのであった。老若男女、どんな者にも化けてしまえるのも役者修行をしながら覚えたことだ。全ては竜の頭の一座にいたおかげである。

あのとき、竜の頭が通りかからなかったら、自分は死んでいただろう。人との出会いはきっと必然なのだ——。

その頭が、火附盗賊改方と縁を結べという。戸惑いはあったが、結局、壱之助は彦三郎からの申し出を受け入れることにした。

たとえ、それで天下小僧が捕まることがあったとしても、それはそれで運命が決めたこと。ばれずにいられたら、それはそれで何かの必然があるのだ。そう考えると頑なに断ることが馬鹿馬鹿しく思え、それどころか何やら面白いことが起きそうな気さえした。

それに付き合ってみると、彦三郎は友と呼ぶに相応しい、真っ直ぐで人を疑わず裏表がない、気持ちの良い男であった。

「よくまぁ、そんなに信じやすい性格で、火盗改が務まるものだ」

と、壱之助が茶化すと、彦三郎は彦三郎で、

「壱之助さんにだけは言われたくないや」

と混ぜ返すという具合で、彦三郎は壱之助が、天下小僧という裏の顔を持っていることなど爪の先ほども疑っていない。自分を信じきっている彦三郎を相手にしていると、

壱之助はぴりっと胸の奥に痛みを感じることがある。奇妙なことにそれが心地良い。判二と宗信も同じ思いを抱いたようで、次第に彦三郎を面白がり、受け入れるようになった。壱之助たちにとって彦三郎の人懐っこさと素直さは、とうに忘れていた大切なものを思い起こさせてくれるのかもしれなかった。


「いったい、どうしたんです。箱根に行くなんて話、聞いてませんでしたよ」

と問いかけつつ、彦三郎は壱之助の後ろに目をやった。

「あれ？　川村のご隠居、それに判二まで。いったいここで何を」

「奇遇ですね」

と、判二が答えた。

「ご無沙汰をしております」

と、喜左衛門は如才(じょさい)ない笑みを浮かべて頭(こうべ)を垂れた。彦三郎は壱之助の屋敷に出入りするうち、喜左衛門や千与とも顔馴染みになっていた。

「ご隠居の付き添いというわけさ」

と、壱之助が重ねた。

「ええ。有瀬さまにはご無理を言って、私の湯治にお付き合いいただいております」

「なるほど。良いご身分だな」

以前から壱之助と喜左衛門の仲の良さを知っている彦三郎は、すぐ得心した様子で頷いた。

「ちょっと待てよ。じゃ千与さんも一緒ですか」

「はい」

と、喜左衛門が頷いた。

「なんだ。益々、私だけ除け者じゃないか」

と、彦三郎は少しすねたようなそぶりをみせた。

「彦さんこそ、どういうわけで？」

と、壱之助が尋ねた。

「それが……」

と、彦三郎は少し周りを気にして、声を落とした。

「天下小僧が潜伏しているらしくて」

「では、蟹丸さまが天下小僧をお召し取りに」

喜左衛門が声を上げた。

「しっ、ご隠居、声が大きい」

彦三郎に注意されて、喜左衛門はすみませんというように、大げさに口を押さえてみせたが、すぐまた茶目っ気のある顔になり、

「しかし、そのお話、かなり噂になっているようでございましたが」

「えっ、まさか。もう噂に？」

彦三郎は、心底驚いたような顔になった。こういう世事に疎いところも、彼らしいと、壱之助の頬が少し緩んだ。

「ああ、その噂なら、あっしも聞きましたよ。なんでも千両首だとか」

と、判二が言った。

「そりゃ凄いな」

と、壱之助は笑ったが、彦三郎はとんでもないと顔をしかめた。

「まさか。そりゃ、『捕まえたら百両』の間違いだ」

すると、喜左衛門は愉快そうに笑って、

「ほぉ、安く見積もられたものですなぁ、天下小僧も」

と、壱之助と判二を見やった。

「いやきっと、ご公儀が出せる精一杯なんですよ、ねぇ、彦さん」

「ええ、おそらくは」

「しかし、本当に天下小僧は箱根にいるんでしょうかねぇ」

と、喜左衛門が白々しく彦三郎に問うた。

「そのこと、そのこと。私もね、なぜにと思ったんですが、組屋敷に投げ文がありましてね。そんなもの、信じるのもどうかと思うんですが」

「ほぉ、投げ文が？　箱根に天下小僧が現れるとでも書かれてあったのでございますか」

「ええ。やけに綺麗な女文字で書かれてあったとか」

「女文字ねぇ」

と、喜左衛門は考え込む素振りをみせた。

「鍋島家では家宝の翡翠観音を運んでいるとかで、それを狙っているんだと」

「へぇ、翡翠の観音さま、そいつぁ、珍しいものなんですかい？」

と、判二が彦三郎に話しかけた。

「そのようだ。なんでも切支丹の怨念が入った怖しい観音さまらしい」

「ひぇ、くわばらくわばら」

判二はお調子者らしく肩をすくめた。

「しかし、ここは火盗改さまのご管轄ではありますまいに」

と、喜左衛門が尋ねた。

「ええ。でも上同士はきっと話がついてるんでしょうよ。とにかく、行ってこい、捕えてこいと。思うに、これは碩翁への点数稼ぎなんですよ」

彦三郎は良い迷惑だと顔をしかめた。彼の上司である朽木寿綱は上昇志向が強い。天下小僧に赤っ恥をかかされた碩翁のご機嫌取りをしたいだけだと言いたいのだ。

「いえいえ、蟹丸さまの腕を見込んでのご指名でございましょう」

と、喜左衛門は彦三郎を持ち上げてみせた。

「天下小僧ものんびり湯に浸かってはおられませんな」

「だといいんですが」

「それにしても、彦さん、崖崩れに遭わず、良かったたな」

慰めるように壱之助が言った。

「ええ。私が通った翌日ですからね。危ないところでしたよ。でもおかげで帰るにも帰れないし、もし何かあっても、応援を頼めもしない」

と、彦三郎はため息をついている。

喜三郎はそっと壱之助に視線を送った。「用心せよ」と言うのであろう。判二も少し心配そうに壱之助を見た。壱之助は二人に頷いてみせた。

彦三郎以外の三人には、投げ文をした人物に心当たりがあった。これまでに金を盗まれたことで、天下小僧を恨む者はいるだろう。しかし、その中で、天下小僧を付け狙い、命を狙っている者といえば、一番にあの女を上げないわけにはいかない。

真白い肌に紅い唇、黒々とした睫毛は濡れたように光り、切れ長の目のふちには小さな泣きボクロ。妖艶な色気で、狙った獲物は必ず落とすと豪語していた女——。

花嵐のお蘭（らん）であった。

四

「あ〜あ、良いお湯」

壱之助たちが、彦三郎に出会って話をしているちょうどその頃、千与は一人で、湯に浸かっていた。

壱之助たちは男同士で何やら話したい素振りが見えたので、一緒に出かけるのを遠慮したのだが、することがない。自分も外に散策に行くからうたた寝でもするか。さて、どうしたものかと思っていたところに、宿の女中が声をかけてくれた。

「お客さん、今なら、岩風呂にお独りで入れますよ」

湯宿万字屋の名物に、岩風呂を模した露天風呂があって、千与は以前から入りたいと思っていたのだが、混浴と聞いて尻込みをしていたのである。

さっそく岩風呂に浸かり、のんびりとしていると、湯気の向こうに人影が見えた。

「誰かいたの？」

千与は慌てて胸を隠し、湯の中に首下まで浸かった。

「お江戸からですか？」

訊いてきた声は女であった。少し擦れた声の調子だが、さばけた明るさがある。

千与はほっとして、「はい」と答えた。

湯気の向こうから顔を出した女を見ると、歳は三十手前、瓜実顔に切れ長の目が美しい女である。濡れた髪は無雑作に束ねてあるだけだが、たっぷりと黒々として艶やかだし、白い肌はすべすべと、まるで白磁の壺を見るようだ。

「そりゃ、一緒ですね」

と言いながら、女は湯煙の向こうから近づいてきた。

女はその首に、千与が今まで目にしたことがない飾りを付けている。金色に輝く鎖の先に、しずく型の血のような色の玉が光り、紅い玉はちょうど親指と薬指で輪を作ったぐらいの大きさがあるのだ。

手の届きそうなところまでくると、女は千与に顔を近づけてきた。

「いいわねぇ、若くて。肌が湯を弾いてる」

微笑んだ女の目のふちに小さなホクロがあって、それがやけに色っぽく、同じ女なのに、目を合わしていられれず、千与は俯いた。

「私なんか。おねえさんの方がよほど」

綺麗だと言いかけて、千与は声を呑み込んだ。女の手がいきなり、千与の二の腕の内側に触れてきたからである。

「ほら、すべすべして、張りがある。羨ましいったらない」

そう言う女はまるで白魚のようなほっそりとした指をしている。女はその指をすっと千与の柔肌で滑らせるのである。

困惑気味にそっと身を引きながら、千与は、

「おねえさんはお江戸のどちらから」

と問いかけた。

「深川ですよ」

女は艶然と微笑んでいる。

「ああ」

道理でと、千与は得心した。女はおそらくは芸者。そうでなくても、小唄の師匠か、三味線弾きか、とにかく粋筋の女なのだろう。

「若いのにご老人のお供とは大変でございますねぇ」

女は千与が喜左衛門といるところを見ていたらしい。

「それともご老人はお目付役というところでしょうかね」

「はい?」

「ほら、あの目の優しげなお侍さまと二人きりでしっぽりの方が楽しいじゃありませんか。野暮なじいさんなんぞ放っておいて」

「え?」

「だって、あのお方、お嬢さんのよい御方でしょう?」

「まさか」

慌てて千与は首を振った。壱之助を好いていることを誰にも言ったことはない。ただ心の奥底でそっと秘めていることだ。なのにこんな初めて会った女に見抜かれるだなんて……。違うと首を振れば振るほど、頬が赤らんでくる。

するると、千与の頬をつんと、女はひとさし指で突いてきた。

「可愛い」

「可愛い？　私が」

思わず千与は鸚鵡返しになったが、女はゆったりと微笑んだまま、頷いた。

「可哀想に、こんなに良い体をしているのにまだ抱いてもらってないだなんて」

なんてことを言うんだろう――。

千与は何も答えることができず、湯の中で身を小さくした。息苦しくなるほどに胸がどきどきとしてきて、頭に血が上ってくる。

そのとき、脱衣場から何人かの女の声がしてきた。他の客も入ってくるのだろう。すると、女は千与からすっと身を離し、「お先に」と軽く身体をくねらせた。そうして、湯から去り際、千与の耳元でこう囁いたのだ。

「……いい気味だ」

一瞬、千与は自分の耳を疑った。

「可愛い」のに、「いい気味」って……。

冷や水を浴びせられるというのはこのことか、頭から首、背筋に冷たいものが走った心地になり、千与は身動きもできなくなった。ようやく我に返り、振り返ることができたときには、女の姿はもうどこにもなかったのである。

川風が火照った身体に心地よい。

お蘭は、欄干にもたれて、ふーっと一息つくと、面白いものを見たとでもいうようにくくっと、笑い声を立てた。

愛しい人が死んだとき、あの無垢な娘がどんな顔をして泣くのか、そう想像するだけで笑いが込み上げてくる。

早く見たい……。

憎いあの男が目の前で跪(ひざまず)き、命乞いする姿を何度思い浮かべたことだろう。いや、自ら手を下さなくても、大盗人として捕まってくれれば、それこそ江戸中の者が見ている前で、あの男は獄門磔(ごくもんはりつけ)になる。それを見越して、火盗改に投げ文もしたのだ。

ふふっ、お蘭の口元がまた緩んだ。

ああ、楽しみなこと……。

「おっ、いい女がいるぞ」

「おお、本当だ」

通りすがりの男連れが、興味津々の眼差しを向けてきた。二本差しだが、おそらく一人なら、女に声をかけることもできないような田舎侍どもだ。ちょいとからかって、有り金全て、巻き上げてやろうか。それとも、寝首を掻いてやろうか。

「ねぇ、お前さん、どうしてやろうかねぇ」

お蘭は、その場に居もしない相手に向かって、心の中で問いかけた。

「そうさな、あんな奴ら、お前の手にかかったら、一発だろうぜ」

牛頭(ごず)がそう言って笑う顔が目に浮かぶ。

お蘭は身体の奥が疼(うず)くのを感じた。

ああ、あの人の逞(たくま)しい腕が恋しい。

牛頭は血を好む暴れ者……だが、お蘭にとってはこの上なく、愛しい男であった。

二人でいれば、怖いものなど何もない、そう思わせてくれた。事実、そうであったし、二人でどんな盗みも殺しもやってきた。

「お前は最高の女だよ」

「お前さんだって」

そう言って牛頭と笑い合ったときの、あの高揚感が忘れられない。なのに……。

お蘭から永遠に牛頭を奪ったのが、壱之助であった。

「もう少しだよ。必ず仇は討つからね、お前さん」

そう独りごちてから、お蘭は侍たちに向かって、愛想よく、艶然と微笑みかけた。

五

その頃、箱根湯本には、参勤交代で足止めを喰らった鍋島直正の一行とは別に、御三卿の一つ、一橋徳川家の五代当主斉位が僅かな供侍を連れて静養に訪れていた。箱根の湯は万病に効くというのは、在府の大名にも知れ渡っていて、幕府の許可さえ下りれば、逗留はできたのである。

鍋島直正は二十三歳、一橋徳川斉位は二十歳。どちらも十代の後半で家督を継いだ若い殿様である。しかも、二人とも、将軍家斉の姫を正室に迎えていた。（直正は十八女の盛姫を。斉位は二十七女の永姫を）いわば、義兄弟の間柄なのに、直正は斉位をなぜか、目の仇のように嫌っていた。

直正は家督を継ぐなり、父の代で最悪だった財政を建て直し、名君の誉れも高く、それなりに自負も強かった。さらに、正室の盛姫が将軍家斉最愛の姫となれば、向かうところ敵なしの心地になるのは当然といえる。

一方の斉位は田安家の四男に生まれながら、一橋徳川家の養子となり、さらには当主という、言わば棚からぼた餅状態で家を継いだ人物であった。しかも病弱で、藩政は殆ど後見任せ。良い意味でも悪い意味でもおとなしく、事なかれ主義であった。

直正にとってみれば不甲斐ない限りの男である。歳も自分の方が上、ついつい尊大な態度を取ってしまう。しかし、位階でいえば斉位の方が高い。本来ならへりくだる必要があるが、そこも気に入らない。

上がそんな思いでいれば、下の者たちも当然、同じように接するようになる。

それでも事なかれ主義の斉位はまぁよいと鷹揚に済ませていたが、収まりがつかないのはお付きの者たちであった。我が殿を軽んじるとは何事か——火種はくすぶっていた。

こんな二つの家中が、狭い山間の宿場で一緒になってしまっていたのである。

その日、一橋徳川家の供侍が三名、湯に入るのにも飽きてしまい、宿場の中の居酒屋でくだを巻いていた。

「帰るに帰れないというのは、まったくもって困ったものだ」

と、渋い顔で言いつつ、ぐいと盃を呷ったのは、中島吉太郎という今年二十五歳になる侍であった。

「さよう、さよう」

「腕がなまって仕方がないわ」

と、頷いたのは、中島と同年配の平井東吉（ひらいとうきち）と九里亀次郎（くりかめじろう）。

三人は徒士（かち）。家来の中でも下級のいわば、警備役であった。

ただでさえ、若い身体を持てあまし気味なのに、こんな湯宿に閉じこめられてはたまったものではない。派手な色街があるわけでなし、酒を飲むところも限られている。

「早く、道が通ってくれねかのぉ」

「まったくだ」

「ああ、つまらん、つまらん」

「おい、酒だ！　もっと持ってこんか！」

店の中は、他にも暇を持てあました客でごったがえしていて、なかなか、酒の代わりが来ない。

平井が空徳利を振って大声を出していると、隣の客を押しのけるようにして、若侍が二人、近寄ってきた。彼らは自分たちが飲んでいた酒徳利を差し出し、

「やぁやぁ、これは先輩方ではありませんか。こんなところで奇遇でございますな。いつからこちらに？　いやぁ、うれしいなぁ。ささ、どうぞ、どうぞ」

と、二人して平井たちの杯になみなみと酒を注いでまわった。

　旗本か御家人か、二人ともそれなりに良い身なりをしている。家中の者ではない。いったいどこの誰だろうと、九里が一瞬顔をかしげたが、若侍らは間髪をいれず、どうぞどうぞと酒を勧める。

「肴が足りぬのでは？　おい、こちらにも干物を頼んだよ。いえいえ、お代など、私たちが持ちますから」

「そうですよ、どうぞご遠慮なく」

　と、二人して調子が良い。

「そうか、悪いな」

「そんな悪いなどと。いつもお世話になっているのですから当たり前のことですよ」

　そういう風に言われて、悪い気がしないのは人情であろう。

　学問所で一緒だったのか。それともどこかの道場の稽古相手だったのだろうか……。

　三人は勧められるままに盃を重ねていった。

「……もう、飲めんぞ」

「うむ、そろそろ帰るか」

「だな」

　どれくらい酒を飲んだのか、定かではない。とにかく、勧められるがまま、思う存分酒を飲んだのだけは確かだ。

かなりの酩酊状態になり、良い心地で居酒屋を出た。足下が少しふらつくのもまた楽しで、五人は大声で互いの様子を笑い合いながら、歩き始めた。

川沿いを少し歩くと鍋島家が宿泊している本陣の前だ。

既に夜遅く、正面の門は閉められてあったが、その門先に、「鍋島肥前守様御旅宿」と大書してある宿札が目に留まった。

「目障りですなぁ」

と、若侍の一人が言い出した——と思うと、後に中島が証言した。実のところ、はっきりとしたことは覚えていない。

とにかく、そこで、

「おお、そうだ、目障りだ」

と、誰かが同意した。

「鍋島は、うちの殿様と同じ婿同士などと言って、大きな顔をするらしいぞ」

「なんだと」

「御三卿を何だと思ってるんだ」

「そうだ、そうだ。田舎大名のくせに、同列などとおこがましいわ」

と、盛り上がり、酔って気が大きくなっている彼らは、「鍋島肥前守様御旅宿」と書かれた宿札を引っこ抜いて、割った上に、土足で踏みにじるという所業に出たのである。

「こうしてやるぅ！」

「おお、いいぞ、いいぞ、やれ、やれ！」

「もっと、もっと」

大声で喚き、派手な物音を立てて騒いでいると、気配に気付いた鍋島家の家中が飛び出してきた。

「何事か！」

「き、貴様ら、何を無礼な！」

壊され踏みにじられた宿札を目にして、鍋島家の家来衆たちは気色ばみ、刀の鍔に手をおいた。

無礼討ちにしてくれるというわけだ。

「どこの者だ！」

「こちらは御三卿、一橋さまのご家中だ。やる気か！」

中島たちは酔ってはいても、それなりに腕に覚えがある面々である。負けてはいない。

「お、お待ちくださいまし！　双方ともこんなところで刃傷沙汰は困ります！」

本陣の者が慌てて飛び出してきたが、そんなことで止められるわけもない。

一橋のご家中と聞いて、さすがに刀を抜くのはまずいと思ったのか、鍋島家の者が躊躇していると、若侍が手前の男に殴りかかった。

それを合図に、取っ組み合いの喧嘩が始まったのである。

「た、大変でございます！」

本陣の者が宿場役人を呼びに来たところに、ちょうど蟹丸彦三郎も居合わせていた。

「おい、やめろ、やめんか！」

押っ取り刀で駆けつけて、なんとか死者を出す前に双方を引き分けることができたのは上々であったが、こんなことが、幕府に知れれば、どちらの御家もお咎めは間違いない。

「いったい、何を思って、このような狼藉(ろうぜき)を！」

喧嘩の原因を作ってしまった中島、平井、九里の三名は、宿場役人に問い詰められると、酔いもすっかり醒めた様子で青ざめ始めた。

「いや、そのあいつらが、宿札が目障りだと言い出して」

「あいつらとは誰だ」

と問われると、答えることができない。

「お前の後輩であろう」

「いや、お前のだろう」

「違う、違う」

三人とも首を振るという具合に、若侍らの氏も素性もわからぬ次第。酔っていたので、顔もおぼろげだ。とにかく、彼らを焚きつけた、あの調子の良い若侍は二人とも、忽然と消えてしまっていたのである。


翌朝、彦三郎は、改めて鍋島家に出向いて、どのように事を収める気か訊ねようとしたのだが、応対に出た用人は、「我が藩としては、この度のことは不問に付すので」の一点張りであった。

「しかし……」

「ともかく、構わぬと言っておる。一橋さまにもよしなにお伝えくだされ。我らにとって、そのようなことどうでもよい。関わっておる場合ではないのだ」

用人は落ちつきなく、苛々としている。奥も何やら騒がしい。

「関わっておる場合ではない。それはどういう意味です」

用人の顔色がさっと青ざめた。

「何を言うか、知らぬ！」

「しかし」

「と、とにかくだ。今回のことは我が藩としては公にはしたくない。あちらもそれでよかろう。さっさと帰ってくれ、さぁ」

帰らぬなら引きずり出すと言わんばかりの勢いで、彦三郎は仕方なくその場を辞した。

「天下小僧がやりおった。鍋島の方々は口を割らぬが、『翡翠観音』が奪われたのは間違いない」

壱之助たちの宿へとやってきた蟹丸彦三郎は、壱之助たち相手に愚痴をこぼしていた。

「翡翠観音て？　そんな観音さまがあるのですか？」

「鍋島家のお宝らしいですぜ」

事情がわからない千与に、彦三郎に代わって判二がそう答えた。

「そのご家宝が天下小僧に盗まれたというのですか？」

千与は再度、彦三郎に問うた。

「ああ。そのまま帰るのはシャクだと思って裏にまわってみるとな、奥の者たちが難しい顔をしていて」

――おい、盗まれたというのは本当か。

――ああ、代わりに『天』の札が残っていたそうだ。

――ということは天下小僧の仕業か。

――しっ、誰かに聞かれたらどうする。

――しかし、どうするのだ。将軍家には。

――だから、今、奥は大変な騒ぎだ。誰かが切腹したくらいではすまんかもしれん。

彦三郎はこんな風に囁き合っているのを耳にしたと話した。

「そんなに大変なものなんですか、『翡翠観音』というのは」

と、千与が彦三郎に問うた。

「千与さんは島原の乱というのを聞いたことがあるかい?」

彦三郎は千与に問いかけた。

「たしか隠れ切支丹の一揆だったのでは」

「ああ、そのとき、切支丹が拝んでいたのがその観音さまさ。血流し観音などという怖ろしげな名前も付いている」

「まぁ。まさか、それを将軍家がご所望になったのですか」

「ああ、どうしても見たいと仰せになったらしい」

「では、鍋島のお家はどうなるのですか」

「下手をすれば、お家お取り潰しということもあるかもしれん」

「そんな……」

本当にそんなことがと、千与は壱之助を見た。

壱之助は難しい顔をして黙り込んでいた。

今回のお宝、『翡翠観音』を盗むのを決めたのは実は喜左衛門こと竜の頭であった。

「なぁ、壱、あと五年若かったら、自分で盗みたいところだが、お前やってくれないか」

引退してからは好々爺を決め込んで、盗みのぬの字も出すことがなかった竜の頭が珍しく、そう言ったのだった。

世話になった御方のため――それ以上の詳しい理由は聞いていない。壱之助は、親代わりでもある竜の頭から頼りにされたのが嬉しくて盗むことを快諾した。

壱之助は判二と共に若侍に化けて、暇を持て余していた一橋徳川家の家臣に接触した。愚痴を聞いて酔わせて、鍋島家の本陣前まで連れて行ったのだ。

鬱憤が溜まっている一橋徳川家の家臣をけしかけるのは赤子の手をひねるよりも簡単なことだったし、表でちょっとした騒ぎを起こせば、勇猛果敢で鳴る鍋島家の者たちが黙っていないのもわかっていた。

本陣は武家屋敷とは違い、外の警備は堅くとも入ってしまえば勝手は知れている。乱闘騒ぎに乗じて、中へ入ってしまえばこっちのもの。行列のお道具類の場所はすぐにわかった。数多くのお道具類のその奥に、一段高く、黒塗りに仰々しく鍋島家の家紋が入った長持ちがあった。お宝はここに入っていますと言わんばかりで、判二と二人、思わず苦笑いしたほどであった。

それにしても、竜の頭は誰のために盗もうと思ったのか。そしてその人物は何の目的があって『翡翠観音』を欲したのか、そんな疑問が頭をよぎる。

「壱之助さま、どうかされましたか？」

と、千与が問う。

「ああ、いや。まさか、取り潰しまではあるまいと思いましてね」

「だったらよろしいですけれど」

「けど、本当に天下小僧がやったんですかね」

と、白々しく判二が問いかけた。

「ああ、そんな大胆なことができるのは、天下小僧ぐらいしかおらぬであろう」

と、彦三郎は軽く答えた。

「多少いい気味でもあるしな」

「そんな。人が悪い言い方をなさって」

千与に咎められて、彦三郎は苦笑いを浮かべた。

「しかし、あいつら、盗人一人に火盗改の助けなど要らぬと、大口を叩いて、私を追い出したんだから。ざまあみろと言いたくもなるでしょ」

「蟹丸さまは、そういうところ正直ですよねぇ。いいんだか、悪いんだか」

「はぁ、それって、私を褒めているのか？　それとも馬鹿にしているのか」

「おいおい、そんなことより、ここで無駄話をしていていいのか」

と、壱之助は割って入った。

「俺が天下小僧なら、お宝をいただいて、ゆるゆるとこんなところにはいない。さっさと箱根から出ようとするぞ」

「そうだ。そうでした。小田原への道も繋がったと、先ほど聞いたばかり。こうしてはいられません。すぐに江戸へ取って返して、善後策を練らねば」

彦三郎はそう言うと、挨拶もそこそこに江戸へと戻っていったのであった。

六

彦三郎を見送ってから、壱之助は一人、川村喜左衛門こと竜の頭の部屋に向かった。竜の頭が泊まっている部屋は、宿の中でも最も上等な離れにある。

壱之助は、箱根細工の文箱から紫の布包みを取りだした。

「どうぞ、お納めを」

布にくるんでいたのは、もちろん、『翡翠観音』である。

竜の頭は、丁寧に布を剝ぐと、一声唸った。

「なるほど……見事なものだ」

竜の頭は満足げに頷いた。

「曰く因縁のある像だと聞いていたが、こうして眺めてみると、なんのなんの、そのような怖ろしいものにはとても思えんな」

「はい」

壱之助は素直に頷いた。竜の頭が言うとおり、愛らしい子を抱いた『翡翠観音』は、見る者の穢れを全て取り除くような、優しい笑顔を湛えている。

その微笑みはどこか懐かしい。この懐に抱かれている子供は自分だ——そんな心地がするからだろう。誰もが持っている母への憧憬を掻き立てる、不思議な像であった。

壱之助自身、この像を厨子から取り出したとき、思わず母のことを思い出し、息を呑んだのだ。迫ってくる追っ手から壱之助を守ろうとしていた母。あのときの母の強さと逞しさ、そして怯え、深い悲しみを湛えていた目を……。

原城落城の絶望の中で目から血を流した『翡翠観音』は、壱之助にとって母そのものだともいえた。

「ほんに、素晴らしいものだ」

魅入られたように観音像を覗き込んでいる竜の頭に向かって、壱之助は問いかけた。

「お頭、一つ、伺ってもよろしいでしょうか」

「何だ」

「この盗み、世話になった御方からのご依頼でしたよね」

「ああ、そうだよ」

『翡翠観音』を包み直しながら、竜の頭は答えた。

「気になるか」

「ええ、差し支えなければ、その御方がどのような方かお聞かせ願えれば」

竜の頭は無言のまま、包み直した『翡翠観音』を丁寧に、文箱に収めた。そうして、

壱之助の問いには答えず、

「お前は五宝を知っているか」

と尋ね返した。

「五宝？　五宝とは何ですか」

「五色の宝。天下を治める力を持つ五つの宝のことさ」

「天下を治める力……」

思わず鸚鵡返しになった壱之助に、竜の頭は頷いてみせた。

「九郎判官義経殿ゆかりの『白珠の弓矢』、織田信長公ご愛用の髑髏型の黒水晶、太閤秀吉公が淀殿に贈ったという紅玉の首飾り、独眼竜伊達政宗公が我が目と呼んだ虎目石、そして、この天草四郎の『翡翠観音』」

竜の頭の口から、歴史上、曰く因縁のありそうな人名が次々と登場し、壱之助は混乱した。

しかも、それらの宝が全て揃ったとき、人は天下を治める力を得るというのか——。

「まさか、そのようなものが」

「あるのだよ、私も俄には信じられなかったがね。『白珠の弓矢』を御所でご覧になった方がいてね。そのお話を伺ったときに身が震えた」

「その方がご依頼主で」

「うむ。その御方はこうおっしゃった。五宝を揃えるのは帝の願いでもあると」

「帝の願い？」

「ああ」

「いったい、どなたなのです」

壱之助がじれているとでも思ったのか、竜の頭は小さく笑った。

「水戸の大天狗。そう言えばわかるだろう」


水戸の大天狗――それは徳川御三家の一つ、水戸藩第九代当主、徳川斉昭（とくがわなりあき）のことであった。

寛政十二（一八〇〇）年、七代藩主治紀（はるとし）の三男として生まれた斉昭は、本来は藩主を継ぐ立場にはなかった。ところが、父の後、八代目を継いだ長兄斉脩（なりのぶ）はかなりの病弱で、婚姻より十年経っても子に恵まれずにいた。世継ぎが決まらないというのは、藩にとって大問題である。外様大名であれば、下手をすればお取り潰しの憂き目に遭う。

水戸は御三家、親藩（しんぱん）ではあるが、藩主が病弱で子がない以上、お世継ぎを誰にするかは急務であった。藩主の弟が順当だが、斉昭の上の兄は既に他藩に婿養子に出ていた。

すると、幕府の命を受けた長老たちは、将軍家斉の第二十子恒之丞君を養子として迎えようと言い出した。部屋住みのまま斉昭が残っていたにもかかわらずに、である。

　下級武士らからなる改革派は直系の斉昭を推し、将軍ご養子を推す旧来派と激しく対立した。そうして、どちらを世継ぎにするか決まらないままに、斉脩が三十三歳の若さで病死してしまったのである。だが、程なく、斉昭を養子とし家を継がせる旨の遺書が見つかり、世継ぎ問題は決着した。

　文政十二（一八二九）年、家督を継いだ斉昭は、自らを推した改革派たちを重用し、藩政改革に乗り出した。質素倹約が主軸、質実剛健を旨とした。この改革派、いわば、斉昭の親衛隊ともいう者たちは「天狗党」と呼ばれた。改革派には成り上がりの軽格武士が多かったから、成り上がり者が天狗になって威張るという侮蔑（ぶべつ）の意味合いもあったという。そして天狗党は、尊攘激派（そんじょうげきは）、幕命よりも勅命（天皇の言葉）を重んじ、攘夷（じょうい）（外敵を排除する）を推進する過激派としても知られていた。

「斉昭さまはな、尊皇の志が強い御方だ。今の世を憂い、この乱れた世を建て直すためには、帝を奉じて、国造りをやり直すべきだとお考えでな。そのために五宝が必要なのだ」

　竜の頭は、斉昭とよほど深い付き合いがあったのだろうか。心酔しているようにも見える。

「三年前のことだ。大飢饉の報を受けて、斉昭さまはな、いち早くお国入りなされた」

竜の頭の話は続いた。

後年、享保、天明と合わせて江戸三大飢饉と呼ばれる「天保の飢饉」は、天保四（一八三三）年、関東、奥羽地方を中心とした大風雨、洪水、冷害が襲ったのが始まりだった。作柄は例年の半分にもならず、翌年には全国的な不作となった。米の値段は高騰し、餓死、行倒れ、離散が相次いだ。幕府は救済をおこなうと宣言はしたが、やったことといえば、粗悪な天保通宝を作り、自らの懐を潤したぐらいのものであった。貧困にあえぐ地方では一揆や打毀が今なお続発していた。

水戸徳川家は御三家の中でも定府（参勤交代の義務がなく、江戸に常在する）と決められていたため、当主であっても国許へ出かけることは殆どない。病弱だった前当主の斉脩は一度も国入りすることなく生涯を終えているほどで、斉昭の国入りの早さは異例といってよかった。

「斉昭さまは検地を改め、すぐさま年貢を見直されてな。そして、藩士たちに倹約を課せられた。もちろん、自ら率先して、粗衣粗食でよいと仰せになって、朝は我らと同じく納豆汁だ。やろうと思ってもなかなかできるものではない。おお、それからな、農人形というものをお作りになった」

「のうにんぎょう？」

「これぐらいの青銅で作った人形だ。農夫を象っている」

と、竜の頭は片手を差し出した。片手の平に乗るぐらいの大きさということか。

「斉昭さまはこれを食事のたびに自らの御膳に乗せて、最初の一箸のご飯を供えるのだ。こうして飯が食えるのも、田畑を耕す者たちのおかげだと言ってな。礼を尽くされる」

「なるほど」

と、壱之助は頷いた。その話が本当であるなら、為政者として、かなりの行動力があり、かつ、下々に心を寄せる人物だといって良い。

「お側に仕える者の出自も問わない。優秀な者であれば元が農夫であろうが、商家であろうが士分に取り立てておしまいになる」

「まことに？」

「ああ、私のようなものでも親しくしてくださる。それが全てだよ」

「それゆえ、頭は『翡翠観音』を盗もうと」

と、竜の頭は微笑んだ。

「ああ。五宝を揃えてさしあげたいのだ。それが本当に最後のおつとめだ」

手伝ってくれるだろうと問いかけるように、竜の頭は壱之助を見つめている。

「……お目にかかりたいものです」

と、壱之助は応じた。

「ああ、いずれ会わせる」

竜の頭は頷いた。宝が揃った日がそのときなのだろうか。

「『白珠の弓矢』とこの『翡翠観音』で宝は二つ。他はどこにあるかわかっているのですか」

「うむ。伊達政宗公の虎目石は仙台の伊達家菩提寺ではないかと踏んでいるが、髑髏の黒水晶は、本能寺の変で信長公が亡くなられた後、行方知れずになったままだ」

と、竜の頭は煙管(きせる)に煙草を詰め始めた。

「淀殿の紅玉は、大坂落城の折に淀殿から秀頼(ひでより)公の娘である天秀尼(てんしゅうに)さまへと渡されて、鎌倉の東慶寺(とうけいじ)に」

その刹那であった。シュッと風を切る音と同時に、蠟燭の灯りがかき消され、座敷は闇になった。

「うぐっ……」

竜の頭が苦悶の声を上げて倒れ込んだ。手足を激しく痙攣(けいれん)させている。

「お頭っ、しっかり」

壱之助は慌てて抱き起こした。だが、それに対しての返答はなく、竜の頭はだらりと身体の体重を全て、壱之助に預けた。

「お頭っ！」

その首に毒とおぼしき吹き矢が突き刺さっているのに、壱之助は気付いた。

再び風を切る音がし、壱之助は身を躱した。その一瞬の隙をついて、闇の中で人が動く気配がした。

「誰だ」

返事の代わりにフフッと女の笑い声がして、人影は庭へと躍り出ていく。すかさず、壱之助も後を追った。月の光に照らされて、女が微笑んでいた。胸元に輝く紅い石が、その顔をさらに妖艶にみせている——壱之助はその顔に見覚えがあった。

「お蘭……」

「お前の命、必ず貰い受ける。これはそれまでの預かり料さ」

お蘭は艶然と微笑みながら、『翡翠観音』が入った文箱を掲げてみせた。

「待て！」

返事の代わりに、お蘭は吹き矢を構えた。飛んでくる毒矢を交わしながら、それでも壱之助は必死に追いかけようとした。

「じじさま！　何かございましたか」

千与の声がして、母屋から駆けてくる足音に、壱之助は気を取られた。

その刹那、お蘭はまるで軽業をみせるかのように、高々と飛び上がると、屋根の向こうへと消えていったのである。と同時に、廊下の向こうから、千与が現れた。

「どうかなさったんですか、何か物音がしたような」

「千与さん、すまん。水を。水を持ってきてくれんか。ご隠居の容態がおかしい」

「えっ、あ、はい！　すぐに」

壱之助は急ぎ取り繕って、千与を遠ざけると、部屋に戻った。

そうして、絶命している竜の頭の首から毒矢を抜くと、そっと目を閉じさせた。

「お頭……」

育ての親、命の恩人、父とも慕っていた男のあっけない最期であった。苦痛の表情を浮かべていないのがせめてもの慰めだろうか。

まだ温かなお頭の身体を抱きしめたまま、壱之助はくっと強く唇を噛みしめた。目からあふれ出た涙は頬を伝い、唇からにじんだ血を含み、やがて、お頭の頬に落ちた。

「赦さん……」

この瞬間、壱之助とお蘭は、それぞれ仇同士となったのであった。

第二章　淀殿の涙

一

大川端を薄紅に染めていた桜も散り、美しい青葉が澄んだ青空に映える季節になった。

竜の頭、川村喜左衛門は病死ということで内々のうちに弔いが済み、上野不忍池にほど近い聚蛍寺で眠ることになった。

ここの住職、哲善和尚は喜左衛門がかねてから懇意にしていた男で、酒も女も嗜むという少々生臭で破天荒な坊主である。

「あっけないものだな」

墓前で手を合わせる壱之助と千与に向かって、そう呟いた哲善の目には光るものがあった。哲善は、掛け軸によくある達磨のような風貌体軀の持ち主で、一見豪快そうに見えたが、実は妙に涙もろく気持ちが細やかなのであった。

「これからどうなさる？」

哲善は千与に問いかけた。

「有瀬さまのお屋敷に参ります」

「えっ……」

思いも寄らなかった千与の返事に壱之助が驚きを隠せずにいると、後ろに控えていた判二が先に、「そりゃいいや」と声を上げた。その横の宗信もまんざらでもない顔をしている。

「よくはない」

小声で判二をたしなめた壱之助に向かって、千与は首を振った。

「いいえ。自分に何かあれば有瀬さまを頼るようにと、じじさまは常々、そうおっしゃっていましたから」

不安げな顔とは裏腹に、きっぱりとした口調には有無を言わせないものがある。

「しかし……」

千与は喜左衛門が竜の頭と呼ばれた大泥棒であったことはもちろん、壱之助たちが天下小僧を名乗る盗人であることも知らない。同じ屋敷の中で、どうやって過ごせばよいというのだろうか。

返事に詰まった壱之助の顔を、千与はぎゅっと唇を嚙んだまま見つめてきた。

頼る御方はもうあなたしかいないのです――千与の目はそう訴えかけている。

「致し方あるまい。有瀬どの、これはもう、喜左衛門どのの遺言だと思って」

壱之助はふーっとため息をついたのを見て、哲善がそう言った。

「よいではないか。部屋なら、いくらでも空いている」

と、宗信が口添えをした。

「……それはそうだが」

「よし、決まりじゃな」

と、哲善は微笑んだ。

「ええ」と壱之助は頷くしかなかった。その返事を聞いて千与はほっと笑みを浮かべた。

「善は急げじゃ、のう、千与さん、これから判二に荷物を運んでもらいなされ」

「はい！」

「そいじゃ、さっそく」

と、判二は判二で、壱之助の許しを待たず腰を上げた。

「おい」

「よいではないか」

と、哲善は壱之助を制した。

「……ではそうしてくれ」

渋々、壱之助は命じた。

「じゃ、参りましょうか」

嬉々とした様子で、判二は千与のお供となり、宗信は宗信で行くところがあるからと、一緒に出て行った。

壱之助も寺を辞そうとしたが、「おぬしは儂と茶でも飲んでいかぬか」と、哲善に引き留められた。

友を失って寂しい——哲善の顔には、そう書いてある。茶と言いながら、酒を酌み交わすことになるのは目に見えている。哲善と喜左衛門は、気の合う相手として、時折、碁を打ち合っていた。哲善もまた、喜左衛門の正体は知らないはずだ。悲しみを分かち合う相手に選んでくれたのはありがたいが、これ以上、長居は無用だ。

「そうしたいのは山々なのですが……」

所用があると言いかけた壱之助に向かって、哲善は、「酒に付き合えというのではない」と微笑んだ。

「どうしてもお前に尋ねたいことがある。来てくれ、天下小僧壱之助」

哲善は言うなり、踵（きびす）を返した。

一瞬、壱之助は耳を疑った。

知っていたというのか――。

「何を突っ立っている。取って食おうと言うわけではない」

哲善は前を向いたままそう言った。まるで背中にも目がついているようだ。

「あ、はい……」

壱之助は頷くと、素直に哲善の後を追った。

狭い茶室の中で、哲善が茶を点てる音だけがしている。

体軀に似合わない繊細な手の動きもまた、哲善の心そのものだ。作法通り、型を守っているようにも見え、だが、これ以上に自然な動きもないとも思える。

「さ、どうぞ」

差し出された黒茶碗は、確か以前、竜の頭が哲善に贈った、利休好みの一品であった。

壱之助は作法通りに茶を飲み干した。

清々しい茶の香りをゆっくりと味わった後、壱之助は哲善の目をしっかりと見ながら問いかけた。

「和尚はいったいどこまでご存じなのです」

「あの人とは腹違いでな」

「えっ……」

まさか、二人が兄弟であったとは――。

「どうした。信じられぬという顔をしているな」

「にわかには」

と、壱之助は正直に答えた。

「考えたこともありませんでした」

細面の竜の頭、それに対して丸顔の哲善。二人の風貌は正反対と言って良い。唯一似ているところがあるとすれば、時折感じる眼光の鋭さか。

「そうかもしれんな」

と、哲善は頷いた。

「江戸で兄者を見たとき、儂も信じられぬ思いであった……」

哲善の脳裏には竜の頭との思い出が蘇っているのだろうか。

「水戸では死んだものと聞かされていたからな。それが大盗人になっていたとは」

「今、水戸とおっしゃいましたか」

と、壱之助は聞きとがめた。

「お二人は水戸のお生まれなのですか」

「ああ」

哲善は、壱之助が知らなかったことに驚いたのか、不思議そうな顔になった。

「これでも二人とも、水戸の郷士の出でな。貧しい家であったが、水戸の心は幼い頃に叩き込まれた」

「水戸の心？」

「御三家の誇りというのかな。人として正しいことをせねばならぬというような」

そこまで言って、哲善は苦笑いを浮かべた。

「生臭坊主がそのようなことを言っても、信じられぬだろうが」

「いえ」

と、壱之助は首を振った。竜の頭もそうだった。盗賊であろうが、一本筋が通った生き方を貫いていた。そこに壱之助は惹かれ、自らの指針にもしていたのだ。

「愛民という教えがあってな。民を慈しむという意味なのだが、水戸では殿様も下々もまず、このことを学ぶ」

哲善の語り口は穏やかで丁寧だ。

愛民とは、水戸学の根幹をなす思想の一つであった。

「君子は愛民を以て心と為し、救世を以て務めと為す。つまり、民を慈しむ心をもって、世を救うことが肝要ということじゃな」

哲善の話を聞きながら、壱之助は箱根の宿で竜の頭が語った斉昭のことを、思い起こしていた。

飢饉にあえぐ民のために素早い対応ができる君主。何より、己で範を示し、慈愛の心を持つという御方。「私のようなものでも親しくしてくださる。それが全てだ」と、微笑んだ竜の頭の顔が浮かぶ——。

「儂は十になるやならずで、寺に預けられ水戸を離れてしまったが、それでもやはり水戸と聞くと、それだけで背筋が伸びて、晴れがましい思いになる」

「なるほど……」

と、壱之助は独りごちた。

「で、和尚は私に何をお尋ねになりたいのですか」

壱之助の問いに対し、哲善はすぐには答えず、自ら点てた茶を飲み干して、一息ついた。

「……今更訊いたところで、死者が戻ってくるわけではない。それはわかっている。しかし、本当に病で亡くなったのか、それがどうにもな。またひょっこりと姿を現すような、そんな気がしてな」

納得がいかないのは当然かもしれない。

「わかりました」

壱之助は哲善に向き直った。

「全てお話しいたします」

そうして、壱之助は哲善に、お頭と共になぜ箱根に向かうことになったのか、五宝のことや、『翡翠観音』を手に入れたときのこと、そして、箱根でお頭がどんな風に息絶えたかを話したのであった。

聞き終えた哲善は、ふーっと静かに息を吐いた。

「そうか……ではお蘭(らん)という女が兄者を」

「はい」

哲善は数珠を取り出すと手を合わせ、目を閉じた。

元は侍だったとはいえ、僧籍の身では仇(かたき)を討つことはできない。どれほど悔しいことだろう……。

「私が仇を討ちます」

壱之助はそう哲善に告げた。だが、哲善は小さく首を振ってみせた。

「無用だ」

「しかし」

と、壱之助は身を乗り出した。

哲善はもう一度、首を振ると、

「その女を殺したところで、兄者は戻らぬ」

「確かにそうですが」

なおも食い下がろうとした壱之助に、哲善は諭すようにこう告げた。

「それに仇討ちを兄者が望むとは思えぬ、壱に酷いことをさせてしまった――兄者はそう儂に言ったことがあるのだよ。牛頭の仕置きは自分がすべきであったとな」

「お頭がそんなことを」

壱之助は絶句した。

壱之助が竜の頭に拾われたとき、牛頭（当時は丑と呼ばれていた）は、竜の頭の子分の一人だった。歳は壱之助と同じ十歳だったが、その頃から背丈は大きく大人ほどあり、愛嬌もある力自慢で、竜の頭が率いる旅芝居では人気の役者であった。

壱之助と丑はすぐに仲良くなった。両親を亡くし、心を閉ざしていた壱之助にとって、丑の存在は救いでもあったのだ。

だが、丑は生来、血を見るのが好きな男であった。長じてくるとその性質はより残酷さを増した。竜の頭の愛情が壱之助に移ったという嫉妬もあったのかもしれない。

あるとき、丑は竜の頭に断りなく、勝手に牛頭の刺青（いれずみ）を背中に入れた。牛頭とは、頭が牛、身体が人の形をした獄卒（ごくそつ）（地獄の亡者を責め虐める鬼のこと）である。そうして、自らを牛頭と呼ぶようになった。次第に牛頭の粗暴さは増し、ついには勝手に盗み働きをおこなったあげく人を殺し、竜の頭と袂を分かった。

竜の頭が引退したのはそれからまもなくのことであった。

それから牛頭がどこで何をしていたのか、西国で荒稼ぎをしていたらしいという噂もあったが、一切不明であった。ところが、三年前のこと。牛頭はあろうことか、竜の頭の後継者だと偽って人を集め江戸で盗みをおこなった。しかも、金品を盗むだけではなく、女を犯し子供まで殺めるその所業はまさに悪鬼であった。

竜の頭の名を汚す盗みを許すわけにはいかない。竜の頭の恩義を忘れずにいた者たちは憤り、牛頭を仕置きしようとした。だが、ことごとく失敗し命を落とした。

その最後を託されたのが壱之助であった。

竜の頭の教えを頑なに守る壱之助は、人を殺さないということを自らの第一の掟としていた。だが、これ以上、牛頭を野放しにはできなかった。どうしようもないことだったとはいえ、壱之助は自らの手を血に染めたのだ――。

「いいか」

哲善は壱之助を見つめ、はっきりと言った。

「たとえ仇討ちであろうと、兄者が人殺しを望むはずがないのだ」

そうまできっぱり拒絶されてしまうと、壱之助には言葉がなかった。

「のう、それよりも、兄者の最期の望みを叶えてやってくれぬか」

と、哲善は壱之助を見た。

「兄者は、斉昭さまの手伝いをできるのが嬉しかったと思うのだ」

「お蘭の手から『翡翠観音』を取り返せとおっしゃるのですね」

「いやそれだけではない。できれば全て揃えて斉昭さまの手に。それができるのは、お前、天下小僧壱之助だけだろう」

そう言って、哲善は壱之助に頭を下げた。

「………」

壱之助は静かに頷いた。哲善からの申し出がなくても、そうするつもりでいた。

「五宝を揃えて差し上げたいのだ。それが本当に最後のおつとめだ」

そう語っていた竜の頭の顔が浮かぶ。頭はあのとき、手伝って欲しいと願っていたはずだった。頭の最期の望みを叶えるのは自分しかいないという自負もあった。

が、今それ以上に壱之助の頭を占めているのは、竜の頭や哲善を魅了して止まない斉昭さまとは、いったいどのような御方なのだろうかということであった。

二

聚蛍寺を辞した壱之助は神田にある屋敷へ戻った。

近辺には江戸城で雑務をおこなう同朋衆(どうぼうしゅう)の拝領屋敷や、御徒(かち)と呼ばれる下級武士の組家屋敷、御書院番組屋敷などもあり、彼らの子息が通う昌平坂(しょうへいざか)の湯島聖堂も目と鼻の先である。また、江戸っ子の守り神、神田明神にも近く、町人たちの住居も多い。

下級武士たち特有の親しみ易さと町人たちのおおらかさが入り交じり、町全体に活気もある。いわば江戸の人たちにとって、暮らしやすい場所であった。

その中で、有瀬家の屋敷は神田の人の多い通りからは、少し離れた坂の上にあった。敷地の面積はおよそ二百坪（六百六十平方メートル）。御家人組屋敷の中では広い方だ。

壱之助がこの屋敷を手に入れたいと思った大きな理由の一つがこの広さにあった。無役の御家人を隠れ蓑とする場合、直参とはいえ禄だけでは食べていけないのが普通なので、何がしかの内職をしていなければ怪しまれる。それゆえ、壱之助は、屋敷の庭の一部を使って薬草を育てることにした。採れた薬草は薬種問屋が喜んで買い取ってくれるのだ。薬草を育てるうち、壱之助はかつて奥医師だった父がやっていたように自ら薬研を引いて、簡単な薬の調合をするようになっていた。

ごりごりと薬研を引いていると、奥医師だった父や母と暮らしていた遠い昔、何も疑わず、医師を志していた幼い自分を思い出す。せつないような悲しいような、それでいて、不思議な安堵感に包まれる。薬草を育てることは、壱之助にとっての癒しでもあったのだ。

これまではこの屋敷に、壱之助は判二、宗信と三人で暮らしていた。

敷地の裏庭には下働きの勘助おたつ夫婦の小屋もあるが、彼らもまた昔、竜の頭に世話になった者であった。この夫婦には盗みの腕は殆どない。せいぜい引き込み役をするぐらいのものだ。小言を言うわけでも知ったかぶりをするわけでもない。ただ口が堅く、人当たりが良いのがこの夫婦の長所で、かつて竜の頭が率いた旅芝居の一座ではみなの身の回りの世話や賄い一切を仕切っていた。野良仕事も好きで、壱之助が不在のときには薬草の世話も喜んでしてくれている。

いわば、みな気心の知れた者同士の気楽な暮らし――だが、そこへ今日からは千与が加わることになる。

壱之助が戻ると、ちょうど判二と千与が戻ってきたところであった。

「これだけか？」

判二が提げている荷物を見て、壱之助は思わず声を上げた。

「当座に必要なものだけをとりあえず」

千与は少し恥ずかしそうに答えた。

「要りようなものはいつだって、俺が取りに行きますから」

と、判二が軽く請け合ったが、千与は心細げにみえる。ここで世話になるとは言ってみたものの、男所帯にはやはり抵抗があるのかもしれない。

「無理をすることはない」

と言おうとした壱之助に向かって、千与は丁寧に三つ指をついた。

「お世話になります。どうぞよろしくお願いいたします」

「……こちらこそ。困ったことがあれば遠慮なく言えばいいから」

そう微笑んだ壱之助の顔を見て、千与の顔がようやく綻び、ぱっと花のような明るい表情になった。

「いえ、こちらこそ、なんなりとお申し付けください。お掃除だってお食事だって、私、なんだってできますから」

竜の頭こと川村喜左衛門の許で何不自由なく暮らしていたはずだが、千与は、そう言って家事をやる気をみせた。

「うれしいなぁ。じゃ、お茶を煎れていただけたりするんですかい」

と、判二が調子に乗った。

「おい。そういうことはおたつさんがやるから」

「じゃ、教えてもらいます。お台所は確か、あちらでしたよね」

言うなり、千与は腰を上げ、台所へ向かった。

「可愛いなぁ」

見送る判二の鼻の下が伸びきっている。

「いいか、判二」

と、壱之助は軽く睨んだ。

「わかってますよ。心配は無用でさ。お千与さんは妹にどこか似ているんでね」

判二はそう言うと、鼻を小さく鳴らした。判二には幼い頃に病で死んだ妹がいたことを、壱之助は思い出した。

判二と壱之助が知り合ったのは、竜の頭が引退する二年ほど前のことだった。

出会いの場は吉原。その頃の判二は幇間(ほうかん)見習いをしていた。どうやら判二は若い女郎を逃がそうとしたらしく、廓の男衆たちに袋だたきに遭っていた。まだ幼さの残る女郎は泣き叫び、判二は血まみれであった。そこに竜の頭と共に遊びに来た壱之助が通りかかったのであった。

半死半生の判二を見捨てておくことができず、壱之助は思わず助けに入った。簀巻き(す)にして大川に投げ入れると息まく男衆たちをなだめ、なんとか解放してもらったのだ。あのとき、お頭は口を出さず、優しい目をして壱之助がすることを見守っていた。きっと、壱之助を助けたときのことを思い出していたのであろう。

窮地を救われた判二はそのまま壱之助の弟分となり、竜の頭が引退した後は、当然のように壱之助についてきた。

判二は大坂の出身で、流れ流れて江戸に来た男であった。両親は早くに亡くなり、幼い妹と二人で、親戚の家をたらい回しにされたという。

「酷い奴らでね、飯もろくに食わしてもらえず、馬か牛みたいに働かされて……まだ、十にもならねぇ、ガキにですよ。妹なんてまだ六つだったのに」

堪えかねた判二は妹を連れて、親戚の家を飛び出した。だが、そんな幼い二人が食べていけるわけもなく、旅の途中で妹は病気に罹り、死んでしまったのであった。

悲惨な過去話なのに、判二は食えなかったときに墓場の供え物を食べて腹を壊したことなどをまじえて、面白おかしく話すのであった。根っから人を喜ばすのが好きなタチなのだ。

「笑ってると、嫌なことなんて吹っ飛びまさぁ。でしょ？」

判二に屈託のない笑顔でそう言われると、壱之助も自然と笑顔になれた。

「ああ、そうだな」

判二は辛いことを背負いながらも前を向いて歩ける男だ。きっと、千与に対しても優しい兄のように振る舞うことだろう。

「俺なんかより、兄ぃはどうなんです？」

と、判二が問いかけた。

「ん？」

「まさか、気付いてないのか……」

と、判二がもごもごと呟いた。

「何をだ？」

「お千与さんの……ああ、いや、いいです。野暮は言いたくないんで」

「おい、言いかけてやめるな。何を言いたい」

「それは……ああ、いや、やっぱり、言いたかないんですって」

そこへ、千与が茶を運んできて、話は一旦収まった。

「お二人は仲がよろしいんですね。まるで兄弟みたい」

と、千与が笑った。

「そうなんでさ。それで旦那さまって言わなきゃいけないところをつい、兄ぃなんて言いたくなって困りますよ」

と、判二が応じた。思わず「兄ぃ」と言ってしまったときの予防線を張ったようだ。

「そうだな。私もこいつを弟のように思っているんだ。馬鹿ほどかわいくてな」

と、壱之助も頷いてみせた。こう言っておけば、怪しまれることはないだろう。

「馬鹿はひと言余計ですって」

判二がすねてみせた。その様子がおかしいと千与はまた笑ってから、

「羨(うらや)ましいこと」

と呟いた。この娘もまた、身内がいない寂しさを抱えて生きているのだ。

「では、これからは私のことは兄だと思えばいい。この判二もな」

壱之助は千与を喜ばせようとこう告げたのだが、彼女の眉は心なしか曇った。

「……有瀬さまが兄上さま……」

「ん？　どうかしたか」

「いえ、嬉しゅうございます。どうぞよろしくお願いいたします」

千与はそう明るく答えて、頭を下げた。

「ああ、もちろんだ。こちらこそよろしく頼む」

満足げに頷いてみせた壱之助を見て、やれやれというように、判二が小さく肩をすくめた。

そこへ、表から「壱之助さん、いますか！」と、聞き覚えのある声がした。

「おお、彦さんかい。こっちだ」

ドタドタと上がってきたのはいつもの顔、火附盗賊改方の同心、蟹丸彦三郎(かにまるひこさぶろう)であった。

「あれ？　千与さん？」

千与がいることに一瞬驚いた彦三郎だったが、川村の隠居の遺言で預かることになったことを壱之助が話すと、得心した様子で、「そりゃいい」と頷いた。

「おい、判二、妙なことするんじゃねぇぞ」

「もうみんなして、俺をなんだと思ってるんですか！」

と、判二が怒ってみせた。当の千与は「妙なことって？」と不思議そうな顔で、壱之助を見た。

壱之助は大丈夫だというように微笑んでみせた。

「で、彦さん、今日は何の用だい？」

「ああ、そうそう。土産を持ってきたんですよ」

と、彦三郎は屈託のない笑顔で、懐から笹包みを取り出した。

「ちょうどいいから、皆で食べましょう」

そう言って、彦三郎は千与に笹包みを渡した。

「何ですか？　これ」

と、千与が尋ねた。

「鎌倉名物力餅だよ」

「力餅？」

広げてみると、中から小ぶりのおはぎのような餅が現れた。

「まぁ、美味しそう。では早速お茶を」

と、千与がまた腰を上げた。

「上等のを頼むよ」

と、彦三郎は屈託ない。

「ところで、彦さん、鎌倉までどういう用件で」

壱之助が問うと、彦三郎は少し真面目な顔になった。

「東慶寺に出向いたのですよ」

「縁切り寺か」

「はい」

鎌倉の東慶寺——女性から離婚を申し出ることができなかった封建時代に、この寺に駆け込むことができれば、離縁できるとされた女人救済の寺、いわゆる縁切り寺である。

その歴史は古く、鎌倉幕府の頃、弘安八（一二八五）年に開創された。後醍醐天皇の息女が五世住職となり、御所寺、松ヶ岡御所と呼ばれるようになった。

江戸初期には、豊臣秀頼の息女（のちの二十世天秀尼）が入寺したことでも知られる。

「今は、御三家の一つ、水戸さまの姫君であった法秀尼さまが院代を務めておいでなのですが」

「水戸さまか……」

またその名が出た。と壱之助は思った。

法秀尼は、水戸の殿様が側室に産ませた子だという。つまりは斉昭の姉かそれとも叔母か従姉妹にあたるのか、いずれにせよ、水戸とは何かしら縁があるようであった。

彦三郎が鎌倉に出向いたのは、火附盗賊改方長官、朽木寿綱の命によるものであった。

向かった先は、東慶寺門前にある公事宿。公事宿とは、江戸時代、訴訟裁判のために地方から来た者を泊める宿を指したが、東慶寺門前の公事宿の場合は、駆け込んできた女たちの世話などをおこなっていた。

東慶寺は男子禁制の寺である。そこで、彦三郎は、門前の公事宿にて、東慶寺の院代法秀尼と面談したのであった。

「法秀と申します。本日は遠いところをご足労いただきかたじけのう存じます」

お付きの老尼と共に現れた法秀尼は、まずそう言って、平伏している彦三郎に向かって礼を述べた。

なんと、涼やかな声だ——。

それが、彦三郎がまず感じたことであった。

さやさやと流れる岩清水のような清らかな声をしている。

それに、まさか、御三家の姫だった方から直々に話があるとは——。

彦三郎の戸惑いをよそに、法秀尼にはさらに言葉を重ねた。

「蟹丸どのとやら、どうぞお手をお上げください。さぁ」

「はっ……あっ」

促され、彦三郎は顔を上げた。が、次の瞬間、慌ててまた目を落とした。

法秀尼はおそらくは十歳は年上だろう。だが、慎ましい法衣に白い尼頭巾を被った姿は、まるで年を感じさせない。小さく白い顔は皺もシミも一つなく、まるで童女のように清らかな眼差しなのだ。愛らしいというのとはまた違う。落ち着いた凛とした心の強さのようなものが、その佇まいから伝わってくる。こちらの心に少しでも邪悪なものがあれば、全て見通されてしまう。そんな心地さえする。

彦三郎には法秀尼の全てがあまりにも眩しく、畏れ多いという気持ちが湧き上がるのを抑えきれないのであった。

「いかがされましたか」

彦三郎の脇で控えていた公事宿の主人が問うてきた。

「いえ」

彦三郎は動揺を抑え、何もないと首を振ってみせた。

法秀尼の横に控えていた五十年配の尼が、小さく咳払いをした。先ほどから彼女は彦三郎に向けて鋭い視線を送ってくる。院代さまへの無礼は決して許さぬということであろう。だが、慇懃な法秀尼よりもこの尼の態度の方が彦三郎には至極当然に思えた。

「法春と申します」

五十年配の尼はそう名乗った。

「本日は、院代さまからその方に願いがあります」

「はい。内々にてのお話があると伺ってきております。どうぞ何なりとお申し付けを」

彦三郎はなるだけ胸を張って答えた。今回ばかりは頼りないと思われたくない。

それが伝わったのか、法秀尼はにっこりと微笑んだ。

「一年前の四月のことです」

と、法春が続けた。

「お聞き及びかと思いますが、盗人が寺に押し入りまして」

「はい、存じております。『淀殿の涙』を奪って逃げたと」

と、彦三郎は応じた。

『淀殿の涙』――この美しい名を持つ宝は、金の鎖の先に紅玉（ルビー）が付いた首飾りであった。紅玉は涙の名にふさわしいしずく型をしている。大きさは縦がおよそ一寸五分（五センチ）、横は一番広いところで一寸弱（三センチ）。

異国から太閤秀吉への献上品だったという。秀吉はいたくこれを気に入り、当時、茶々と呼ばれていたお市の方（織田信長の妹）の遺児へ贈った。秀吉は元々お市の方に恋焦がれていたのだが、お市の方は秀吉を嫌っていた。最初の夫浅井長政が信長に滅ぼされた後、お市の方は秀吉の求愛を断り、茶々、初、江の三姉妹を連れて、柴田勝家のいる北の庄へと向かったのだった。その勝家を秀吉が討ち果たし、お市の方は勝家と共に死を選んだ。茶々は妹二人と共に生き残ったのである。

秀吉は、初と江を嫁がせたが、茶々だけは手元に残した。側室にしたくてしかたなかったのだ。しかし、茶々は決して秀吉になびこうとはしなかった。それもそのはず、茶々にとって、秀吉は母お市の方を死に追いやった張本人、しかも伯父信長の家来だった男だ。仇でありしかも家来筋、成り上がりの秀吉を毛嫌いするのは当然であった。しかも二十歳前の茶々に対して、秀吉は五十過ぎ。親子ほど年も違うのに、側室になれなど、そんな屈辱はなかった。だが、後ろ盾となる者を全て亡くした茶々が頼る相手は秀吉しかいないというのも事実であった。

どれほど珍しい贈り物をされたところで、側室になどなる気はない。そう固く決めていた茶々の心が揺らいだのは、この首飾りを見た瞬間に亡き母お市の方の言葉が蘇ったからであった。

「天下を統一して戦さのない世をつくる――それが兄信長さまの願いであった。私もそう願ってきた。どうか、そなたらが志を継いでおくれ。今は辛くともたくましく生きのびるのです」

北の庄の城が落ちる際、お市の方は、茶々、初、江の三人の我が子にそう別れを告げ、自死した。あのときの炎に包まれた城の最期の情景は茶々の目に焼き付いていた。紅蓮の炎の色を宿した首飾りは、茶々に亡き母との約束を呼び起こしたのだ。

この首飾りを持つ者が天下に近づくことを直感的に感じ取った茶々は、天下統一という志に我が身を捧げると覚悟した。茶々は秀吉の側室となり、淀殿と呼ばれるようになり、秀吉の後継ぎを産んだ。長子鶴松は早世したが、次に生まれた子が秀頼であった。我が身から生まれた者が天下を治める――秀吉がこの世を去り、淀殿の願いはあともう少しで叶うところに来ていた。だが、待ったをかけた者がいた。

徳川家康である。家康は秀吉からくれぐれも秀頼を頼むと遺言されていたが、まったく守ることとなく、若い秀頼と淀殿を手玉にとり、大坂城に攻め込んだ。冬の陣、夏の陣と戦さは凄惨を極め、もはやこれまでとなった落城の折り、淀殿は秀頼が側室に産ませた姫を呼び、かつて母お市の方が遺した言葉とともにこの首飾りを与えたのである。

大坂城から逃れた姫はのちに落飾し天秀尼となり、この鎌倉東慶寺の院代として余生を過ごした。『淀殿の涙』は天秀尼とともに寺の秘宝として、長い年月大切に仕舞われていたのである。

ところが、この秘宝が盗まれるという大事件が起きてしまった。事件が起きた当初、幕府でも大問題になり、火附盗賊改方へも盗賊を捕まえるようにとお達しが出たこともあり、彦三郎は充分に承知していたのであった。

「あの折り、忌むべきことが起きました」

法春は嘆きの声を上げた。

「忌むべきこととは？」

それは初耳であった。盗み以外にどんなことが起きたか、彦三郎は知らされてはいなかった。すると、法春の表情に、話を続けても良いのかという迷いが出た。それを察して、法秀尼が促すように口を開いた。

「あまりにも酷いことで、箝口令（かんこうれい）を敷きましたゆえ」

箝口令を敷くほどのことを今、教えて貰ってよいものなのか、彦三郎が戸惑っていると、公事宿の主人がそっと耳打ちするようにこう話した。

「運悪く、賊に遭遇した御方が辱（はずかし）めを受けたのですよ」

駆け込みをおこなった女は、すぐに婚家と縁が切れるわけではない。

駆け込みが成立してから足かけ三年、丸二年の間、雑用などしながら寺に籠もり、外との接触を一切絶つ必要があった。

被害に遭ったのはこの寺籠もり中の、鈴という女であった。

「お鈴さんは、ご主人の乱暴狼藉から逃れて寺にいらして、ようよう後もうひと月もすれば、下山が叶うというところだったのです」

公事宿の主人はいかにも悔しそうであった。

法春も頷き、こう続けた。

「鈴は自害を図り果てました。念入りに弔い、年忌法要も執りおこなったのですが……」

法春は少し言いよどんだ。

「法要が済んでまもなくしてから、妙なことがおきまして」

「妙なこと？」

重ねて問うた彦三郎に対して、法秀尼が口を開いた。

「鈴の幽霊が出るようになったのです」

「じゃ、院代さまのお頼み事とは、幽霊を捕まえて欲しいということですかい」

彦三郎の話を聞いていた判二が吃驚した顔になった。

「いや、そうではなくて」

と、彦三郎は首を振った。

「院代さまは、鈴は成仏していないようだ。なんとかして、あのときの賊を捕まえて処罰してはくれまいかと、そうおっしゃるんだ」

「そんな奴、さっさと捕まえて縛り上げりゃいいんですよ」

判二は憤慨していた。彼は女をいたぶる男が大嫌いだ。さっさとお仕置きにかかって欲しいと心から願っているようだ。

「そうしたいのは山々だが、簡単に言うなよ」

と、彦三郎は少し情けない声を上げた。

「俺たちだって怠けているわけじゃないが、何の手がかりもないんだから」

判二は不服そうに小さく舌を鳴らした。

「なぁ、彦さん、東慶寺から盗まれたのは、淀殿ゆかりの品だと言ったな」

と、壱之助は問うた。

「ええそうです。『淀殿の涙』と名が付く紅玉だそうで」

「そうか……」

壱之助は、竜の頭と交わした最後の会話を思い返していた。おそらく、その紅玉は竜の頭が言っていた五宝の一つに違いないだろう。あの折、頭は「東慶寺に」と言っていた。あったが、盗まれてしまったということだったのか――。

「つまりは、盗人を捕まえた上で、その宝物も取り返して欲しいというのだな」

「いえ、それがですね。そのことでも吃驚することがありまして」

と、彦三郎はいかにも参ったという顔をする。

「なんだい？」

「それが……院代さまがおっしゃるには、盗まれたものはガラスで作ったまがい物だから、どうでもよいと。幕府であれだけ大騒ぎになっていたのに、あっさりとそんなことを告げられてしまいまして」

「何……」

「まがい物とは言っても、紅いガラスなど、異国にしかないと聞きます。だとしたら、それはそれで貴重なものではあると思うんですけどね」

「……あのぉ、その『淀殿の涙』というのは紅色をしているんですか」

それまで静かに聞いていた千与が口を開いた。

「ああ。なんでも、血のような色をした石だそうだよ。それが涙のしずくのような形をしていて、首から提げる飾り物にあしらってあるらしい」

血のように紅い石の首飾り……。

壱之助が思い出すよりも早く、千与が「はっ」と小さく息を呑んだ。

「どうした。何か心当たりでもあるのか」

と、壱之助は問いかけた。

「ええ、そのぉ……箱根の湯で出会った女の人がそのような飾りを首から下げていて」

「箱根の湯で会った！」

と、今度は彦三郎が身を乗り出した。

「ど、どんな、どんな女だよ、それって」

「どんなって。そのぉ、ここのところにホクロがあって」

と、千与は左目の下に手をやった。

「妙に色っぽい、きれいなお人でしたけれど」

言った後すぐに、千与の顔がふっと暗くなった。

「そいつぁ」

と、判二は声を上げかけたが、すぐに口を閉じ、壱之助を窺い見た。壱之助は目だけで微かに頷いてみせた。

お蘭に違いない。あの箱根の夜、逃げ去るお蘭の胸元に紅い石が光っていたことを、壱之助はまざまざと思い返した。

その間も、彦三郎は千与に女のことをあれこれ問いかけていた。

「名は？　訊いたかい？」

「知りません。湯で声をかけられただけですから」

「どんな話をしたんだい。何でもいいから、覚えていることを教えてくれ。どこに住んでいるとか、誰と来たとか言ってなかったかい？」

「たしか……深川だとそう言っていたような」

「深川か、確かか」

「ええ。粋筋の人なんだろうって思ったことをよく覚えています」

「そうか」

と、彦三郎は今にも飛び出していきそうに腰を浮かしかけた。

「でも、嘘かもしれませんし」

「どっちだよ」

と、彦三郎は吐息をもらした。

「だって」

「千与さん、その女、同じ宿にいたということか」

と、今度は壱之助が問うた。

「ええ、内湯でしたし、おそらく」

「何か危害を加えられなかったかい」

壱之助の問いに千与は一瞬、答えを躊躇うような顔になった。

「何かされたのか」

「いいえ、そうではないのですが。でも、なんだかとっても嫌な感じがしました」

そう答えて、千与はぎゅっと口を結んだ。

「なんです？　その女って、壱之助さんの知り人ですか？　まさか、昔の訳ありってことじゃないですよね」

と、彦三郎が問うと、

「そうなんですか！」

と、千与が驚いたような声を上げた。

「違う、違う。そんなことはないよ」

壱之助は否定したが、彦三郎も千与も疑ってかかった目をしている。

判二までもが面白がって、

「どうなんです、本当のところは」

と、茶化そうとした。

「彦さん、お前さんこそ、その院代さまに惚れたんじゃないのかい。ま、尼さまに惚れたところで、叶わぬ恋だが」

ごまかすつもりで咄嗟に口にしたのだが、どうやら図星だったらしい。彦三郎の首から耳までがみるみる朱に染まった。

「な、なんてことを」

彦三郎は懐から出した扇子をバタバタと扇ぎ始めた。

「違いますって。だいたい畏れ多い話ですよ、私なんぞ」

そう言ったものの、彦三郎は扇子を持つ手を止め、少し切なげな目で深々とため息をついた。

確かに、身分が違いすぎる。院代の法秀尼は御三家水戸の姫君。それになにより、仏門に身を捧げた女性であった。

「きっと、お美しい方なんでしょうね」

ぽつりと千与が言った。

彦三郎は小さく頷いたが、すぐに気を引き締め直すように、

「それより、その女の話です。本当に心当たりはないんですね」

と、壱之助に問い直した。

「心当たりというか、これは噂なんだが」

と、壱之助は前置きをした。

「噂？」

「ああ、彦さんも知ってるだろう。牛頭という盗人がいたのを」

「もちろんですよ。あいつには何度煮え湯を飲まされたことか。竜の頭と呼ばれた大盗人がいましてね、牛頭はその一の子分ですよ」

それは違う——思わずそう口走りそうになって、壱之助はぐっと言葉を呑み込んだ。

「……さぁ、それはどうかな。竜の頭の一の子分は、天下小僧だと聞いたがね」

「どちらも盗人であることに間違いはありません」

と、彦三郎はにべもない。

「そりゃそうだな」

と、壱之助は応えた。

「でしょ。で、その牛頭の噂がどうしたんですか」

「牛頭の隣にはいつも妙に色っぽい女がいて、その女、左目のふちに小さなホクロがあるというんだ。ま、あくまで噂だ」

「でも……じゃあ、ということは、東慶寺に押し入った賊というのは、牛頭？」

「おそらくは」

と、壱之助は頷いた。

「なるほど。そうですね。牛頭なら、盗みだけでは飽き足らず、女を犯していったとしても当然か」

「ああ、寺に火を付けなかっただけ、マシだとも言える」

牛頭の極悪非道ぶりは、江戸では知れ渡っていた。

「……そんな怖ろしい人の女」

千与はまた嫌なことを思い出したように身を縮めた。

「ああ、だから、千与が何かされはしなかったか、気になってね」

「なるほど。そうですよね。女がいたということは、あそこに牛頭もいたってことでは」

と、彦三郎が言い、自分の言葉に頷くように、

「そうだ。そうに違いありませんよ。もしかしたら、鍋島藩の宝を奪ったのも牛頭かも。するとあれだ、あの箱根に、天下小僧と牛頭がいたってことですよ。参ったなぁ」

彦三郎は両方を取り逃がしてしまったと思い込んだらしく、大きくため息をついた。

「しかし、厄介な相手だなぁ、牛頭とは」

と、彦三郎は腕を組んだ。

「牛頭であれば、捕らえることはできまい」

と、壱之助は厳しい顔で言った。

「そんな。壱之助さんは私では力不足だと？」

心外だという顔をしている彦三郎に向かって、壱之助は違うと首を振ってみせた。

「いかに彦さんであろうと、地獄へは行けぬであろうということさ」

「やめてくださいよ。そりゃ、牛頭といえば鬼。地獄の番人でしょうが、まさか本当に地獄にいるわけじゃあるまいし」

「いや、そうとも言えぬ。まぁ、これも亡くなった川村のご隠居から聞いた話だが、牛頭は既に死んでいると」

「えっ、そうなんですか」

「ま、噂だがね。ご隠居はそういう噂話がお好きだったから」

そう答えながら、壱之助の脳裏には、牛頭を殺したときの光景がまざまざと蘇ってきていた。

あれは、半年ほど前の木枯らしが舞う寒い夜だった。

壱之助は竜の頭と共に、牛頭が根城としていた廃寺へと向かった。

竜の頭は牛頭と二人きりで話をつけるつもりだったようだが、そんなことはさせられないと、強引に付き添った形だった。

「付いてくるのはいいが、決して手を出すんじゃねぇぞ」

竜の頭からは、そう釘を刺されていた。

廃寺に着くと、既に牛頭はお蘭と待っていた。

「これは、これはようこそお越しを。おお、なんだ壱も一緒か、久しぶりだなぁ。会えてうれしいぜ。おい……」

牛頭はお蘭に酒を用意するように命じたが、「話が先だ」と、竜の頭は盃を受け取らなかった。

「毒は入ってねぇけどなぁ」

床の間を背にしたまま、牛頭は酒をあおった。仔牛のような身体は大江山の鬼のようだ。お頭に対して上座を譲ろうというわけでもない。壱之助は、不遜な態度を取り続けている牛頭を睨みつけた。だが、牛頭は不敵な笑いを浮かべたままだった。

竜の頭は静かに、諭し始めた。

「なぁ、盗みをするなとは言わねぇ。お前にもそれなりの考えもあるだろう。けど、人は殺すな。掟は守れ」

「掟ねぇ」

「ああ、そうだ。お前が小っちぇ頃から叩き込んだはずだ。頼む、俺をこれ以上、悲しませんでくれ」

と、竜の頭は頭を下げた。

すると、どうだろう。牛頭は「ハハハ」と声を上げて、笑ったのだ。さらには、お蘭も一緒になっておかしそうに笑い始めた。

「何がおかしい！　お頭に向かって無礼だろう」

思わず、壱之助は声を荒らげた。後ろで見ているだけのつもりだったが、我慢できなかった。

「壱」

いいからというように、頭は壱之助を制した。

「泣き落としをするとは、竜の頭も耄碌したもんだ」

「ほんに、ほんに」

と、お蘭が頷いている。

「なぁ、壱、お前もいい加減、金魚の糞みてぇに老いぼれについて廻ってんじゃねぇよ」

「そんな言い方するな」

「へぇ、いつからお前は俺さまに命令できるようになったんだ」

牛頭は壱之助を鼻で笑った。

「こいつはよぉ、泣き虫だったんぜ、昔は。おっかさんの名前を呼んで寝ションベンすることもあってよ」

「まぁ、可愛いこと」

牛頭とお蘭は二人して、壱之助をあざ笑った。

竜の頭が、ふーっと長く息を吐いた。

「なぁ、牛頭よ、どうあっても人殺しは続ける気か」

「へぇ」

と、牛頭は頷いた。

「あいにく、人を殺すのが好きで好きでたまらねぇんでね」

牛頭とお蘭は愉快そうに頷き合った。

「わかった」

と、竜の頭は立ち上がった。

「もうお帰りで」

返事の代わりに、竜の頭は懐から匕首（あいくち）を取り出した。

「だったら、ここでお前を始末するしかねぇ」

「ハハハ、面白ぇ、俺を殺すってんで。人を殺すなと言いながら、この俺さまを？」

「もうお前は人じゃねぇ」

言うなり、竜の頭は匕首を抜き払った。

「お頭……」

「いいか、壱、お前は手を出すなよ」

竜の頭の顔には決死の覚悟が浮かび上がっていた。

「はい」

竜の頭は牛頭を睨みつけたまま、じりじりと近寄っていく。素手のままの牛頭は床の間に飾ったままになっている太刀へと目をやった。

「あんた、さっさと、やっちまいな」

お蘭が懐から吹き矢を取り出したのを見て、壱之助は素早く動いた。邪魔をさせないために、吹き矢を持った手をねじ上げ、当て身を食らわせた。

「何しやがる」

言うなり、牛頭は床の間に置いてあった太刀を手にした。

「まとめて、死にやがれ！」

「お頭、危ない！」

その刹那、壱之助は刀を抜きはらい、牛頭と竜の頭の間に割って入った。

「壱、どいてろ」

竜の頭はそう言ったが、壱之助は首を振った。いくら竜の頭の気迫が勝っているとしても、力の差は歴然としている。

「お頭を死なせるわけにはいきません」

そう言いながらも、壱之助は刀の峰を返していた。非道な奴だとはいえ、兄弟同然に育ってきた牛頭を殺してしまうことにはまだ躊躇いがあった。

「おいおい、峰打ちか。俺も舐められたものだな。よし、本気にしてやる。来い！」

牛頭は面白がって、太刀を振り回しながら、庭へと降りた。壱之助もそれに続いた。

竹林が風に揺れて、ざわっと大きな音を立てた。

牛頭は力任せに太刀を振り下ろしてきた。ビュンと大きな風切り音がする。壱之助はそれを難なく受け止めた。

右へ、左へ……次第に牛頭が苛立ちを見せ始めた。

「お遊びはここまでだ」

牛頭が突きに転じた。激しい殺気が壱之助の心を凍らせた。壱之助はすんでのところで躱(かわ)し、刀を持ち変えた。

「ふふ、それでいいんだよ」

牛頭は不敵な笑いを浮かべた。血を求めている笑いであった。

「面白れぇ、面白れぇぞ」

牛頭は笑いながら、壱之助に向かってきた。

あまりのおぞましさのせいか、そこからは、壱之助に確かな記憶がない。ただ、牛頭の殺気に負けじと必死になっていったのは事実だ。竹林を走ったときの足の感覚と、葉擦れの音、激しい川の水音はしっかりと覚えているのに……。

「ぐわっ」

最後に見たのは、額を真っ赤な血に染めた牛頭が崖からまっさかさまに川へと落ちていく姿であった――。

「有瀬さま」

千与が心配そうな顔をして壱之助を覗き込んだ。つい、暗い顔をしてしまったようだ。

壱之助は、何もないとばかりに、千与に微笑んでみせた。

牛頭のことはむろん、竜の頭のことも天下小僧のことも、裏の世界のことは、千与は何も知らされていないはずである。だが、年頃の娘特有のカンの良さはあなどれない。

竜の頭は、千与を何の汚れもなく育てていた。まっすぐに見つめてくる千与の瞳は澄み切っていて、壱之助には眩しいばかりだ。だが、託された以上、それを守ることは壱之助の大事な仕事なのであった。


翌日、まだ夜が明けきらぬ早朝、千与は独り、庭に出ていた。自ら望んで有瀬の屋敷に住まいを移したものの、さすがに緊張していたのか、なかなか寝付けず、結局、朝になってしまったのだ。

そうだ、星を見よう。そう思って部屋を出たのだが、残念なことに目指す星は顔を出してくれていない。

「よいか、千与、そなたは金星をみつけるのだ」

懐かしい声がした気がして、千与は振り返った。だが、そこにはもちろん、誰の姿もなかった。千与は川村喜左衛門の元に引き取られるまで、年老いた祖父母と一緒に住んでいた。祖母は優しく穏やか人だったが、祖父は不思議な人で、今思えば、公家か神主のような恰好でよく人の運勢を占っていた。父母のことはわからない。それを尋ねると、祖父はいつも怖い顔をして、「探ってはならぬ」と言った。尋ねてはいけないことなのだと理解はしたが、なぜ教えてくれないのか不満だった。すると祖父はこう繰り返した。

「そなたは、金星に守られ、守る運命にある」

「守られ、守る？」

金星は別の名を明星という。明けの明星、宵の明星として有名で、夜空にひときわ大きく美しく輝く星だ。その星が、千与が生まれたとき、ひときわ輝きを増したのだと祖父は言い、「いずれそなたの前に現れるだろう」と謎めいた微笑みをもらした。

そのこともあり、千与は空を見上げ、金星を探すようになった。輝いている金星をみつけると、見守られている気がしてほっとした。

突然、祖父が亡くなったのは覚えている。死因はわからない。亡くなった祖父のそばで祖母が泣き続けていた。しばらくして祖母は喜左衛門を連れてきて、「これからはこの方がお世話します」と言った。千与はそのとき、祖母だと思っていた人は本当の祖母ではなく、ただ、千与の面倒を見る役目を担っていたにすぎないことを知ったのだった。

この人が私の金星なのだろうか――そう思って、千与は喜左衛門に引き取られた。だが、それが違うことはすぐにわかった。

朝のひんやりとした風に乗って、甘い香りが漂ってきた。香りに誘われ、千与は庭の薬草園に足を踏み入れた。

白、薄紅、赤、大振りの美しい花が揺れている。芍薬の花が咲いているのだ。

あの日も芍薬が満開だったと、千与は思った。喜左衛門に連れられて、この屋敷に初めて遊びに来たときのことだ。

壱之助は芍薬の手入れをしていた。花を触る男の人が珍しく、どう声をかけようかと迷っていた千与に、「やぁ」と笑いかけたのが壱之助であった。

その刹那、千与は、金星を見た。なぜと理由を問われてもわからない。天に輝く星のごとく、壱之助の瞳は澄んでいて眩しく、何物にまして頼もしく思えたのである。

この人は私の金星だ——だから、千与にとって、壱之助の屋敷に行くのは必然であった。ここ以外に自分の居場所はないとも思えた。

だが、胸騒ぎがしてならないのはなぜだろう。

千与は空を見上げた。

「あっ……」

一筋、星が流れた。吉兆かそれとも……。

「守られ、守る運命……」

千与は壱之助の寝所の方へと目をやり、そう独りごちていた。

三

その頃、お蘭は江戸へ舞い戻っていた。

江戸でのお蘭のねぐらは、深川の富岡八幡宮近く、永代寺門前町にあった。この辺りには、茶屋や岡場所もあり、人の出入りが多い。囲われ者の女の家も多く、女の独り暮らしであっても、みな見て見ぬふりをする。隠れ住むにはもってこいの場所であった。

お蘭はそこで、常磐津(ときわづ)の看板を掲げて、近くの材木商や米問屋の隠居相手に、常磐津を教えていた。男どもはみなそれぞれに、自分がお蘭を囲っている気になっているという次第である。

隠れ家で一人、お蘭は奪ってきた『翡翠観音』を取り出し、眺めていた。

子を抱く母を模した観音像は、すっとした鼻筋とくっきりとした目に、柔和な笑みを浮かべている。上品と育ちの良さを感じさせる顔つきだ。もし、こんな女が目の前に現れたら、清楚で優しい女だと誰もが口を揃えるような――。

「そんな女、いるもんか」

　お蘭はそう毒づき、フンと鼻先で笑うと、手文庫の中に大切にしまってあった紅玉の飾りを取り出した。

　観音像に紅い石を近づけて眺めてみたが、慈愛に満ちた観音像に、禍々しい血の色をした石は似合わない。

「やはり似合うのは私の方だ」

　お蘭は独りごちた。見れば見るほど、首飾りは妖しい光を放ち、お蘭を魅了する。

　秀吉が天下一の美女に贈った首飾りだけのことはある。常磐津の師匠をしているときには目立ちすぎるから外しているが、この首飾りは牛頭から貰った大切な形見だ。

「こりゃ、お前によく似合う」

　と笑った牛頭の顔が目に浮かんできた。

「……五つの宝ねぇ」

　箱根の宿の屋根裏で、お蘭は竜の頭と壱之助の会話を全て耳にしていた。

　今、お蘭の手元には翡翠の観音像もある。その全てを手にした者は天下を取ると言われる五宝のうち二つが掌中にあるというわけだ。

　お前と一緒に天下を取る——それは牛頭の口癖でもあった。あの人が死んでしまってからは叶わぬ夢と思っていたが、紅い石の輝きを見ていると、全ては自分に託されているのだとも思える。

「あんた、見てな」

お蘭がそう呟いたときであった。

「ごめんなさいよ、師匠いますか」

と、玄関口で声がした。

誰だろう、いったい。今日は稽古に来る男はいないはずだけど——。

「はぁ～い。少しお待ちを」

精一杯、色っぽく作り声をすると、お蘭は観音像と首飾りを丁寧に厨子にしまい、立ち上がった。

玄関口にいたのは、大家の惣兵衛であった。

「あら、惣兵衛さん、今日は五の付く日じゃありませんよ」

惣兵衛もまた、常磐津の弟子の一人だ。

「そりゃわかってるよ。ちょっとね」

と、惣兵衛は後ろへと目をやり、

「旦那、おりましたよ」

と、声をかけた。

惣兵衛の後ろにいたのは、黒羽織に袴姿の武士であった。

「すまぬな、忙しいところを」

と言いながら振り返ったのは、火附盗賊改方の蟹丸彦三郎であった。

やれやれ、なんでこんな男を連れてくるのか——。

お蘭はそう心の中で毒づきながらも、精一杯笑顔を作り、首を傾げた。

「え～っと、こちらさまは？」

「蟹丸さまとおっしゃってね、火盗改の旦那だよ」

と、惣兵衛が紹介した。

「さようで。これは失礼を。私はお蘭と申しまして、こちらで常磐津などを少し教えております」

彦三郎が壱之助の所に出入りしている火附盗賊改方の同心であることなど、百も承知していたが、お蘭はわざと初めて会うというていで挨拶をした。

「で、今日はどのような御用でございましょう」

「うむ。なるほどな」

彦三郎はお蘭の問いには答えず、無遠慮に見据えてきた。

「なんでございます？」

「旦那は目の下にホクロのある美人をお捜しなんだよ。でね、それなら存じ寄りにおりますと、申し上げた次第で」

惣兵衛はまるで褒めて欲しいといわんばかりに、お蘭に告げた。

「さようで」

余計なことをと思いつつも、お蘭はにっこりと特上の笑顔をみせつつ、左目のふちに手を添えた。

「でも、こんなホクロのある女なんて珍しくもないでしょうに。しかも美人だなんて、私には分が悪いじゃありませんか、嫌ですよ、惣兵衛さんたら」

「何を言うんだい、お蘭さんほどの美人はそうはいないよ」

惣兵衛が嬉しそうに鼻の下を伸ばしているのは当然として、彦三郎がお蘭の笑顔を見てもニコリともしない。

なんだい、こっちの面をまじまじと見ているくせに、まるで大根でも見るような調子じゃないか——。

お蘭は少し意地になった。胸元に手をやり、斜め下から救いを求めるような流し目を彦三郎に送りながら、少し甘えるような声を出した。

「ねぇ、旦那、そのホクロのある女がどうかしたんですか」

だが、彦三郎に平然としたまま、

「お前、三月頃、どこに行っていた？　少しの間、留守をしていたと聞いたのだが」

と問いかけてきた。

「三月……」

「ほら、お師匠さん、十日ばかりいないことがあったじゃないか」

また余計なことを惣兵衛が言う。

「ああ、あのときは、在所の親がちょいと具合が悪うございましてね。見舞いに」

と、お蘭は答えた。

「在所は？」

「安房(あわ)でございますよ」

「安房、房総(ぼうしゅう)のか」

「はい」

「そういやぁ、干物の土産をもらいましたね。ありゃ旨かった」

と、また、惣兵衛が口を挟んだ。

「たいしたもんじゃございませんよ。海だけが自慢でございましてね」

お蘭は、ゆったりとした笑顔を浮かべた。

「箱根ではないのだな」

ずばりと訊いてくるだなんて、蟹丸という男、真っ向勝負しかできないらしい。

「箱根？　いえ、そんな良いところでは。箱根といえば湯どころと聞いております。一度はゆっくり浸かってみたいものですよ」

「なら、今度、一緒に」

と、惣兵衛はますます図に乗ってくる。

この大家は本当に扱いやすいねぇ――。

「あら、惣兵衛さん、本気にしますよ」

「いいよ、本気にして」

「まぁ、うれしいこと」

お蘭と惣兵衛とのやり取りを聞いていた彦三郎が小さくため息をついた。

「では、鎌倉の東慶寺は知っているか」

「東慶寺、ああ、縁切り寺でございましょう。存じておりますが」

「行ったことは？」

「いいえ、あいにく縁を切りたい男はおりませんので」

そうお蘭が答えると、惣兵衛が「ああ、よかった」と大仰に胸をなで下ろしてみせる。

「私は嫌われてはいないってことだね」

「もう、嫌ですよ、惣兵衛さん」

と、お蘭は軽くいなしてから、少し彦三郎を虐めたくなった。

「ねぇ、旦那、東慶寺さまがどうかしたんですか」

「いや、なんでもない」

と、彦三郎は首を振る。

嘘をつくのが下手な男だねぇ。ますます虐めたくなるじゃないか――。

だが、彦三郎は、これ以上は不要とばかりに踵（きびす）を返した。

「もうお帰りですか」

「あ、そうだ。最後にもう一つ」

と、彦三郎は振り返った。

「師匠は紅い石のついた首飾りを見たことはないか」

「紅い石……」

「といっても、石に見せかけて作ってあるという、まがい物だが」

「まがい物……」

自分でも顔から血の気が引くのがわかった。

「うむ。市中に出回ることがあるかもしれん。もしどこかで気になるものを見かけたら、教えてくれ」

「あ、はい。それはそういたしますが、まがい物というのは」

「けちなガラス細工でな。本物なら少しのことで割れはしないだろうが。盗人も見破れないほどによくできているらしい」

そう言いながら、彦三郎は微笑んだ。

お蘭は顔が引きつりそうになるのを堪えて、微笑み返した。

「さようですか、間抜けな盗人もいたもんですね」

「うむ。盗人にはまがい物がお似合いってことかもしれんがな。では、邪魔したな」

そう言い置いた彦三郎に続いて惣兵衛も「じゃあね、またね」と愛想良く笑って出て行った。

二人の足音が遠ざかっていく。

「まがい物……あれが、まさか」

お蘭は表戸をしっかり閉めると、慌てて奥の間へと戻った。

そうして、さきほど手文庫にしまった首飾りを取り出すと、縁側へと出た。

首飾りは陽の光を受けて、さらに輝きを増す。

キラキラと美しい血の色をした宝石、ついさっきまで、露ほども疑ってはいなかった。

なのに、これがけちなガラス細工だって……。

「お前によく似合う」

お蘭の脳裏にまた、牛頭の声が蘇ってきた。

次の瞬間、お蘭は首飾りを庭の踏み石目がけて投げつけていた。

カシャン！

あっけないほど軽い音がして、涙のしずくの形をした石、いや、ガラスは飛び散って粉々になったではないか。

「畜生っ！」


角を曲がる手前で、惣兵衛が足を止めた。

「お探しの女ではございませんでしたか」

「うむ」

彦三郎は少し難しい顔になった。あれが、盗賊の女かどうか、正直、彦三郎には判断がつかなかったのだ。千与は妙に色気のある美女だと言っていたが、お蘭はくねくねと何やら蛇を思わすような女であった。

もう一度千与を連れてくるべきか、いや、できれば関わりたくない。近寄れば、紅い舌がちろちろ出てくるような、嫌な胸騒ぎがする。さて、どうしたものか……。

彦三郎が吐息をもらしていると、お蘭の家から、三味の音色がしてきた。

彦三郎には、少々乱暴で雑な音色に思えたが、惣兵衛は、惚れ惚れという顔で聴き入っている。

「ほら、良い音色でございましょう」

「大家、あの師匠は、半年ほど前からここにいるといったな」

「ええ、去年の暮れ頃でしたかね。そんなもんです」

「独り身か」

「そりゃあれほどの器量ですからね。以前はご亭主がいたそうでございますが、気の毒にご病気で亡くなったとか。可哀想なことでございますよ」

惣兵衛は本当に気の毒でしょうがないらしい。

「なぁ、ああいうのを色気があるというのか」

「はい？」

惣兵衛は一瞬、何を訊かれたのか、わからないという表情になった。

「いやいい。世話になった」

彦三郎はそう言いおくと、その場を離れたのだった。

「え？　これも抜いてしまうのですか？」

千与が驚いた顔をしている。視線の先には見事な花をつけた芍薬があった。

「ああ、おたつさんが、夜中に何度もこむら返りを起こすらしい」

と、壱之助は答えた。芍薬の根は、鎮痛鎮痙に優れた効き目がある。また、冷え性や風邪の初期に使う薬の処方にも使われている。

「冷えもあるようだから、少し処方してやろうかと思ってね」

「へぇ、そうなんですね」

感心した声を出しながらも、千与はなんだか惜しいような顔をしている。

「花を活けるか？」

「よろしいのですか？」

千与の顔が綻んだ。

「ああ、好きなだけ持っていきなさい。花器は納戸にあったと思うから」

「はい！」

千与は嬉しそうに花を選び始めた。甘い香りの中で舞う蝶のような愛らしさだ。

そこへ、ドタドタと、彦三郎がやってきた。

「ああ、よかった。壱之助さん、頼みがあるんですが」

と、彦三郎は神妙な顔つきになり、壱之助に頭を下げた。

「いきなり、なんです？」

「それがそのぉ……」

彦三郎は言いにくそうに、千与を窺い見た。

「少しお貸しいただきたいのです。千与さんを」

昨日、深川で気になる女を見た。ついては箱根で会った女かどうか、面通しをさせたいというのである。

「あれからあちこち聞き込みをしている中で浮かび上がってきた女なんです。常磐津の師匠でお蘭という女なんですが、目の下にホクロもありました」

「なるほど」

と、頷きながら、壱之助は困ったことになったと思った。おそらくそれは花嵐のお蘭で間違いないだろう。千与を近づけたくはない。

壱之助が返事を拒もうとしているとは気づかず、彦三郎はなおもこう続けた。

「私にはあれが色っぽいのやらよくわからなくて。もういいかとも思っていたんですが、やはり気になって、千与さんに見てもらうのが一番手っ取り早いかと」

「私に……」

と、千与が少し不安げな顔になった。

「ああ、大丈夫だよ。決して、女とは直に顔を合わせないようにするから。遠目で見てもらえばいいんだ。ずっと私が側にいるし、危ない目には遭わせないよ」

「しかしな……」

壱之助が渋りがちに首を振ったが、千与は「はい」と頷いた。

「私でお役に立てるなら……」

「かたじけない！」

彦三郎は千与の手を取らんがばかりの喜びようだ。仕方ないと壱之助も承知するしかなかった。そうして、彦三郎は千与と共に出かけたのだが、ほんのふたときほどで戻ってきた。

「どうだった？」

壱之助の問いかけに、千与も彦三郎も首を振った。

「違ったのか」

「いえ、それが……、既にもぬけの殻で」

女の住まいは、深川の富岡八幡宮近く。だが、大家も知らぬうちに、家は空っぽになっていたというのである。

「でも、あの女が盗品を持っていたというのは確実になりました」

と、彦三郎が懐から紙を取り出し、指し示した。

懐紙の中で、小指の爪ほどの紅い欠片がキラキラと光っている。

「女の家の庭に落ちていたのです。実はあの女に、カマを掛けておいたんですよ。盗まれたのはガラス細工のまがい物だと」

「わざと教えたというのか」

「ええ。割られてしまったのは残念でしたが、これが証拠になります」

彦三郎は得意げに頷いたが、壱之助はまずいことになったと直感した。

まがい物を摑まされたと知ったとしたら、お蘭がやることは一つしかない。

「番所には届けたのか」

「ええ、今から火附盗賊改方の役宅に戻って、長官にもご報告を入れます。では、確かに千与さんはお返ししましたからね」

それだけ告げると、彦三郎は勢い込んだ様子で出て行った。

「捕まればいいですね」

見送った千与がそう呟いた。

「ああ」

頷きながらも、壱之助には、彦三郎にお蘭を捕まえるのは無理だろうとわかっていた。お蘭は既に江戸を出ているはずだ。

「千与さん、しばらく私は留守をする。旧友と会う約束があってね。二三日、泊まることになるかもしれないから、そのつもりでいてくれ」

「泊まりになるかもしれないって、どちらまで？」

「品川の先だ」

千与は心細げな顔になった。

「宗信さまも今夜はお出かけでございます」

「そうだったな。判二を置いていくから、心配はいらない。おい、判二いるか」

壱之助は判二に千与と屋敷のことを頼んで、家を出た。もちろん、行き先は鎌倉の東慶寺である。

間に合うか。ともかく急がねば——壱之助は走り出した。

四

「お願いでございます！　お助けくださいまし！」

東慶寺の門前に女が駆け込んできたのは、辺りが宵闇に包まれた時刻であった。

女は髪を振り乱し、息も絶え絶えというていで、門を開けた尼僧に倒れかかった。

「しっかり、しっかりなさいまし」

尼僧は女を抱えるようにして、中へと連れて入った。

「シヅと申します。お願いでございます。どうか、どうかこちらに置いてくださいまし」

歳は三十ほどだろうか。院代の法秀尼の前に連れてこられた女は、涙で詰まりながら、ようやくそれだけ告げると、額を床に擦り付けんばかりに手をついた。後は言葉にならない。

江戸（日本橋）から鎌倉までは十三里（およそ五十二キロ）離れている。朝から馬を駆れば昼前には着く距離ではあるが、女の駆け込みとなるとそうはいかない。当時、駆け込みをおこなう場合、家人に気付かれないように朝の家事を普段通りにこなし、昼が過ぎてから、そっと家を抜け出すことが多かった。それから一目散に鎌倉を目指しても、女の足では、到着は次の日の明け方近くになったという。

シヅと名乗った女が夜に駆け込めたということは、途中まで駕籠（かご）を頼んだのか、それとも朝のうちから駆けてきたのか、いずれにしても、追手に怯えているのは確かであった。着物は上質なものだ。どこかの商家のお内儀かもしれない。

当時、駆け込み人の身柄はひとまず公事宿が預かるのがご定法だった。だが、もう外は暗い。法秀尼は、必死の思いで駆け込んできた女をもう一度外に出す気にはなれなかった。

「もうよい。さぞかし今日はお疲れであろう。詳しいことは明日訊くことにいたしましょう。まずはゆっくりとお休みなされ」

法秀尼から慈愛に満ちた笑みでそう言われたシヅは、顔を上げ、やっと救われたと言わんがばかりに長い息をついた。そしてもう一度深々と手をついた。

「ありがとう存じます。この御恩は一生忘れません。どうお礼をすればよいのか」

「そのようなことを気にするでない。そなたのことはこの法秀が確かにお預かりした。安心していなされ」

東慶寺は五つの塔頭（たっちゅう）（小さな寺）の集まりであった。

方丈の北に位置するのが蔭涼軒（いんりょうけん）、山門右に海珠庵（かいしゅあん）、左に永福軒、仏殿の東北にあるのが青松院、妙喜庵となる。院代の法秀尼は寺内第一の塔頭、蔭涼軒の主人でもあった。法秀尼はシヅの世話をおみちという女に命じた。おみちは品の良い町家の女房という風情の女である。

「困ったことあれば何なりと、おっしゃってくださいね」

おみちはシヅに優しくそう告げた。おみちは江戸で小間物を商う男の女房だったとのことで、ここに来て三年。本当なら、去年、寺を出るはずだったのにそのまま居残り、寺に入ってきた新入りの世話係を仰せつかっているという。

「私ね、そろそろ髪を下ろしたいと思っているのよ」

「尼になるということですか」

「ええ。でも、院代さまから、なかなかお許しが出なくて」

と、おみちは小さく吐息をもらした。すると、シヅは不思議なものでも見たようにおみちの顔をしげしげと見返した。

「何か?」

「いいえ、まだお若いのにと、そう……」

「あなただって、私と同じくらいでしょ」

「え、ええ……でも尼になろうとはまだ」

「きっと、おシヅさんは現世に未練がおありなのね」

「えっ、まぁ……」

「ああ、ごめんなさい。それがいけないと言っているわけではないの。ここを出ていくのを楽しみにしている人も多いから」

それから、おみちはシヅに、今、東慶寺全体で暮らしている女は四十名ほどいること、女たちは身分や奉納金に応じて、これらの塔頭に振り分けられて、丸二年の間、外との接触を断った暮らしを送ることなどを教えた。駆け込んできた女のうち、奉納金も納められない御半下（おはした）と呼ばれる女たちは寺の中で、炊事洗濯、畑仕事など雑用を全て受け持つことになるのだ。

「今月は駆け込みが多くてね。あなた以外にも二人、駆け込みがあって」

一人は小雪といって、その女が駆け込んできたとき、おみちは偶然居合わせたという。

「三十手前かしら。痩せぎすな人でね。ここへ来てから熱を出してしまって、海珠庵で寝込んでいるらしいの。もう一人は、ほら、あそこにいる人、おカネさんよ」

おみちが指さす先に、左目を包帯で被った女、おカネがいた。五十すぎだろうか、白髪交じりで下ぶくれの頬にはシミが目立つ。

「ご亭主が乱暴者らしくて、怪我をなさっているって聞いたわ」

「そうですか」

噂されているとわかったのか、おカネという女がシヅたちの方を見た。

シヅが小さく会釈をすると、おカネはおどおどと礼を返してきたが、すぐに横を向き、背中を丸めた。

「気にしないで。よほどお辛い目に遭ってきたんでしょうね。私たちにも殆ど話もなさらないのよ」

と、おみちが気を利かせた。

「あのぉ、本当にここには男の方はいないんですか」

と、シヅが尋ねた。

「ええ。それはもう。御庭の掃除だって私たちでするしね。ああ、だけど今日は男が入ってこようとしてね」

思い出したようにそう言って、おみちはシヅを見た。

「ねぇ、おシヅさんのご亭主はどんな人？　おいくつぐらい？」

「三十でございます。外面が良いので一見、悪い人には見えません」

「まぁ、そう」

「来たのですか？」

「あなたの旦那さまかどうかはわからないけれど、そんな感じの人だった。でも大丈夫よ。ちゃんと院代さまが追い返しになさったから。そういうときの院代さまはそりゃ惚れ惚れするくらい毅然としてらっしゃるのよ」

おみちは院代の法秀尼に心酔している様子である。

「本当に帰っていったんですね」

「ええ」と、おみちは頷いてみせたが、シヅは不安でならない様子で重ねてこう尋ねた。

「しつこくはなかったのですね」

「ですから心配はいりません。まぁ、時には女ばかりだと見くびって、押し入ろうとする者もいるけれど……」

おみちはそう言ってしまってから、シヅを不安がらせたことに気づいたのか、すぐに心配は不要だというように微笑んでみせた。

「大丈夫よ。院代さまはもちろん、あなたのことはここにいる皆が守ってくれるから。今日はひとまず、こちらで休んでくださいね」

シヅが通された部屋には、既に五人ほどの女が休んでいた。

おみちに礼を言って、シヅは部屋の廊下近くに布団を敷いて休むことになった。

「あんた、夜はね、絶対ご不浄には行かないこと。早いとこ、寝ちまうに限るよ」

と、親切そうに教えてくれたのは、同室のマツという女であった。

マツは、話好きそうな四十がらみの女で、ここへ来て一年半が過ぎたという。よほど話し相手に飢えているのか、おみちが部屋を出て行くと、すぐに近寄ってきて、あれこれ語り始めた。

「どうしてですか？」

「そりゃ、あんた、これが出るからだよ」

と、マツは胸の前に両手を出すと、ぶらぶらと振ってみせた。

「幽霊だよ、幽霊」

「まさか！」

と、シヅは訝しげにマツを見た。

「幽霊なんて、本当に出るんですか？」

「だって、私しゃ、見たんだもの」

と、マツは少し自慢げだ。

ある夜のこと、マツは夜中にご不浄に行きたくなり、部屋を出たらしい。

「そしたらあんた、本堂の御仏間へ続く御廊下を泣きながら歩いていく女がいるじゃないか。ありゃ絶対お鈴さんだって」

「お鈴さん？」

「そう」と、マツは声を潜めた。

「可哀想だったたぁ。一年前に亡くなったんだよ、首をくってね。ここで一緒にいたんだよ。あ、あんたのその布団、お鈴さんが使っててさ」

「まぁ」

と、シヅは怖ろしげに首をすくめ、布団をそっと押しやった。死んだ女が使っていた布団と聞かされて、気分がよい人がいるはずがない。普通はそんなことは口にしないものだが、このマツという女は底意地が悪いのか、少し面白そうにシヅの反応を見ている。

「あんた、可愛いねぇ。冗談だよ、冗談。安心おし、それはお鈴さんの使ってた布団じゃない」

「本当ですか」

「本当だよ。お鈴さんのは、おみちが使ってるんだ。変だろ、私なら気味が悪くて寝てられないけどね」

マツはおみちと呼び捨てにした。どうやら彼女のことが気に入らないらしい。

シヅが返事に困っていると、マツはさらにからかうようにこんなことを言った。

「あんた、色が白いんだねぇ。肌だってつやつやだ。さぞや亭主に可愛がられてたんだろうねぇ」

「いえ、そんな」

シヅは身を固くした。

「ねぇ」と、マツが少し粘っこい視線を向けて、身体をすり寄せてきた。

「あんた、あたしと良いことしないかい。ねぇ」

マツはそう囁(ささや)きながら、シヅの太ももに手を置いた。

「えっ」

シヅは大仰に悲鳴を上げると、身を引いた。

「止めてください。私は、そういうのは」

「冗談だよ、冗談」

そう笑ったが、マツはフンと面白くなさそうに鼻をならした。

「さ、寝よ、寝よう」

マツはわざとらしく大声で言って布団を被り、シヅに背を向けたのであった。

五

寺の夜は早い。

部屋の灯りが消えてしばらくは、誰かがすすり泣く声や何度も寝返りを打つ音がしていたが、やがてそれも静かになった。

女たちはみな深い眠りの中で、どのような夢を見るのか。

規則正しい寝息を繰り返す者もいれば、歯ぎしりする者もいる。何人もの女たちのため息にも似た寝息を感じながら、シヅは布団の中でじっと気配を窺っていた。

そろそろよいだろう——。

シヅは一人頷くとそっと布団から抜け出し、足音を忍ばせ、部屋の外へと出た。

暗い廊下の向こうから、低く唸るような声がする。マツが言った幽霊であろうか。声にいざなわれるままに、シヅは仏殿へと向かった。

東慶寺の仏殿は、千姫の寄進によって建てられたと伝わる。千姫は徳川二代将軍秀忠(ひでただ)の娘であり、豊臣秀頼の正室。大坂落城の折、淀殿から首飾りを贈られた天秀尼は千姫にとって義理の娘ということになる。

仏殿には本尊の釈迦如来坐像(しゃかにょらいざぞう)の他、聖観音立像(しょうかんのんりつぞう)などの仏像が鎮座していた。中でも目を惹くのが水月(すいげつ)観音坐像である。一般的に見られる立像とは異なり、この観音像は岩にもたれて、水面に映った月を観ている姿を表しているとされる。

衣の裾は幾重にもかさなり、美しく流れる小川を思わせ、観音像特有の結い上げた髪にはきらびやかな冠が乗せられ、胸飾りも華やぎをみせる。だが、そのお顔は憂いを帯びていて、右手にそっと握りしめた蓮の花と相まって、何やら悲しげに物思いにふけっているようにも見えるのだ。

その観音像の前で、一人の女がぶつぶつと何かを唱えていた。唱えながら時折涙を拭う。誰かを恨む呪いの声か、いや、よく聞けば、そうではないのがわかった。

観世音　南無佛
与佛有因　与佛有縁
佛法僧縁　常楽我浄
朝念観世音　暮念観世音
念念従心起　念念不離心

女が唱えていたのは「延命十句観音経」。わずか四十二文字の短い経だが、ただ何度も唱えるだけでご利益を得ることができるとされる経である。

全てのことは仏に起因し繋がり、涅槃の境涯へとたどり着く。観音さまを信じ、朝も夜も念じ続け、全てをお任せいたします……。

女はこの経を時折涙を拭いながら一心不乱に唱えているのである。

そのとき、廊下の向こうから蠟燭の明かりがちらちらと、近づいてきた。シヅは柱の陰にそっと身を隠した。

「そこにいるのは誰です」

蠟燭を手に仏殿に現れたのは、法秀尼付きの老女、法春。そして、法春の声に驚いて振り返った女は、おみちであった。

「そなた、おみち！ おみちではないか。こんなところで何をしている」

「それは……お、お許しくださいませ」

おみちはいきなり、法春の前に跪（ひざまず）くと、手をついた。

「なぜ謝る。もしやそなたか。そなたが幽霊騒ぎを起こしていたのですか」

「いえ、騒ぎを起こすつもりなど……」

おみちは滅相もないことだと首を振った。

「ではなぜ？ なぜこんな夜中に経など上げておる」

法春の問いに、おみちは、

「申し訳ございません」

と涙ぐんだ。

「どういう訳があるのか、言ってごらんなさい」

法春の口調はあくまで優しかったが、おみちはただただ涙を流すばかりだ。

「泣いていてはわかりませんよ」

おみちは両の手をきつく握りしめている。よほど言いにくいことがあるらしい。しばらくして、ようやく思い切るように大きく息を吐くと法春を見上げた。

「お許しくださいい。私が……私が悪かったのです。あの日、私があんなことさえしなければ、お鈴さんはあんな目に遭わずに」

「いったい何の話をしているのです？　お鈴のこととお前と何の関わりがあるというのです」

法春に促されて、おみちは話し始めた。

「……一年前のあの日、私は宝物庫にいたのです」

「なぜ、そのような場所に？」

「お金が……、お金が欲しかったのでございます」

「そなたが金を？　なにゆえじゃ」

おみちを見つめる法春の眼差しが思わずきつくなった。

「愚かでございました。申し訳ございません」

おみちはそう言うと、再び法春の前に手をついた。

一年前、寺から去ることが決まっていたおみちは、金欲しさに盗みを働こうと、宝物庫に忍び込んだ。おみちには夫との離縁が叶ったら、一緒になろうと約束していた男がいたのである。

おみちが寺に入る前、男は言った。

「二年ののち、必ず一緒になろう。そして、店を持とう」

おみちはその言葉を心頼みに、寺での暮らしを耐えていたのであった。

あとひと月で寺を出られるとなったとき、男から手紙が来た。

「表通りに良い出物があると記してありました。お前と一緒にあの店を持ちたい。でも、自分の金だけではどうしても足りない。あと二十両あればと」

「それで盗みを？」

「何かご宝物の一つでも手に入ればと。どうかしていました。お世話になったお寺で盗みを働こうだなんて、私は……」

だが、結局、盗みを働くことはできなかった。おみちの様子に不審なものを感じた鈴によって、止められたからである。

「お鈴さんに諭されて、私は自分がとんでもないことをしでかそうとしていたことに気付きました。促され、二人で部屋に戻ろうとしたそのときでございました。あの男が」

そう言ってから思い出したのか、おみちは大きく身震いをした。

「あの男が現れたのです。お鈴さんは私をかばって、そして」

おみちを助けた鈴は、牛頭に襲われ、それを苦にして自害して果てることになってしまったということなのだ。

「それでお前は、寺に残って尼になりたいと言い出したのですか」

「はい」

なるほど得心したと、法春が頷いた。

みちは鈴の魂を弔うためにそのまま寺に残った。自分一人が男の元に行くことなどできないと思ったからだ。

するとどうだろう。それを知った男は、他の女とさっさと所帯を持ったという。

「私は本当に愚かでございました」

みちは自嘲気味に笑い、そして泣いた。慰めるように法春がおみちの肩に手をやった。

と、そのときであった。微かに焦げた臭いが漂ってくるのにシヅは気づいた。

表を覗うと、書院の方角からぶすぶすと白い煙が上がっている。

「火事です！　早くお逃げを」

シヅはそう叫びながら、柱の陰から躍り出た。

「どうして……」

法春はシヅが現れたことに混乱したようであった。

「そんなことより、早く」

シヅは有無を言わさず、法春尼とおみちを引っ立てて、廊下へと押し出した。だが、書院の方角から火柱が立っているのを見て、法春は悲鳴を上げ立ち尽くした。

火元は院代法秀尼の寝所だったのだ。

「院代さまが！」

「危のうございます。私が参ります。安全な場所でお待ちを」

シヅは法春をみちに預けると、火に向かって走り出した。

風に煽られて、みるみるうちに書院は炎に包まれた。火事に気付いた他の女たちが宿坊から姿を現し、悲鳴がそこかしこで上がり始めた。

シヅは危険も顧みず、火の中に飛び込んだ。燃えさかる炎と煙が、行く手を塞ぐ。

「院代さま！　どちらですか！　院代さま！」

「きゃあ！」

そのとき、悲鳴と共に炎の向こうで人影が見えた。揉めているようだ。シヅは迷わずそちらに向かった。

「た、助けて！」

法秀尼の声がする。一人の女が法秀尼に馬乗りになり、法秀尼の首にかかった何かをもぎ取ろうとしていた。

「や、やめて……」

法秀尼は必死になってそれにあらがっている。

「院代さま！」

シヅの声に、女が顔を上げた。包帯を巻いている。乱暴者の亭主から逃げてきたと言っていたカネではないか。

「何をしている！」

「邪魔すんじゃないよ」

その刹那、法秀尼の胸元で何かがキラリと光った。涙のしずくに似た紅い石――『淀殿の涙』だ。カネはなおも法秀尼が摑んで離さない首飾りをもぎ取ろうと手を伸ばした。

「うっ、や、やめて……」

法秀尼が小さく悲鳴を上げ、気を失った。

「やめろ！」

　シヅは飛び出すと、カネを法秀尼から引きはがし、後ろ手にかばった。

「何すんだい」

　言うなり、カネは胸元から吹き矢を取り出した。

「やはり、お前、お蘭か！」

　返事の代わりにカネは包帯を無造作に取って捨てると、口から含み綿をぺっと吐いた。するとカネの形相が一気に若返った。背筋もピンと伸び、顔のたるみもない。まさしくそれは、お蘭であった。

「ばれちゃしょうがない。フフ、あんたも上手く化けたもんだね。どうみても女にしかみえないよ」

「褒めてもらうほどのことじゃねぇ」

　シヅ、いや壱之助は男言葉に戻って、お蘭を睨みつけた。

「だれも褒めちゃいないさ」

　炎が舐めるように天井を走った。もう争っている時間はない。

「邪魔な男だね」

　言うなりお蘭は壱之助めがけて吹き矢を吹いた。二度、三度、壱之助は躱した。炎を背にしているお蘭はまさに鬼女のような形相をしている。

壱之助は、お蘭との間合いを思い切って詰めると、彼女の腕を手刀で打った。

「うっ……」

小さく呻き声を上げると、お蘭は吹き矢を落とした。その刹那、お蘭と壱之助の間に火のついた柱が倒れてきた。ドドドと屋根が崩れ始めている。

「逃げねば死ぬぞ！」

壱之助が叫んだ。

「畜生！　覚えてな」

お蘭は悔しそうに叫ぶと、身を翻した。

壱之助は踵を返した。倒れている法秀尼の胸元で炎にも負けぬ紅い石が激しい光を放っている。壱之助は黙って、法秀尼を抱き起こした。

六

「東慶寺に天下小僧が現れたっていうんですよ！」

と、彦三郎が壱之助の屋敷にやってきたのは、それから三日後のことであった。

壱之助は既にその前日、江戸に戻っていた。

「『淀殿の涙』を奪った上に、火を付けて逃げたんですよ」

彦三郎は悔しげに自分の腿を拳で叩いている。

「え！　嘘でしょ。天下小僧がそんなひどいことをするなんて」

と、千与が目を丸くした。

「ああ、天下小僧は義賊だ。火を付けるなど、そんな」

と、壱之助も同調した。

「でも、東慶寺さまがそうおっしゃっているんですから、間違いないことですよ」

と、彦三郎はえらく憤慨している。

確かに首飾りはいただいたが、天下小僧が付け火などするはずがなかろう。

壱之助は心の中で呟くと、苦笑した。

それどころか、火事の中、気を失った法秀尼を抱きかかえ、救い出したのはこの私なのに——。

「院代さま、ご無事でようございました」

法春はあれから、口を開けばそう言う。

「ええ、そうね」

法秀尼は頷くと、大きく吐息をもらした。

火事は幸い、書院を焼いただけで済んだ。仏殿に類焼せず、ご本尊も水月観音坐像も無事だったのは何よりのことであった。盗まれたのは、本物の『淀殿の涙』だけ。いや、果たしてそうだったか。あの夜から、法秀尼はため息をつくことが増えた。

炎の中で倒れていた自分を抱きかかえ、外へと連れ出してくれたのは誰だったのだろう。あれは仏か、それとも……。

抱きかかえられたときの腕の頼もしさ、包み込まれるような安堵感。そして、見上げたときの首筋の凜々しさ、優しい眼差し。

あのときは、外の風にあたった途端、ほっとして気を失ってしまった。その後、気付いたときには、もうあの人の姿はなかった。名前を訊くことはおろか、礼を言うこともできなかった。手がかりはなぜかこの手でしっかりと握り締めていた『天』の札のみだ。あれ以来、甘くせつない思いが波のように押し寄せてくる。

『天』の札を見た瞬間、法春は天下小僧が用いるものだとおののいた。

天下小僧は女にも器用に化ける。あの夜から行方がわからぬ女が二人いる。その片方が、天下小僧だったに違いないと。

おそろしい形相で首飾りを奪おうとした女がいたのは覚えている。そこに誰かが助けに来てくれたことも……。あれは女？　それとも男？

「まだ痛みまするか」

法春が心配そうに法秀尼の足首を見た。

煙に巻かれて倒れ込んだとき、ほんの少し挫いただけだ。けれど、うずくのは足首ではなく、胸の奥。あのたくましい腕を求めてしまう私の心。仏に身を捧げた者にあるまじき、煩悩だ。

この寺で、あの真っ赤な『淀殿の涙』を初めて見たとき、自分の中に眠っている女の業を見せつけられたような戸惑いを感じた。激しく心がかき乱され、とめどなく落ちてしまう危うさ。そう、これは持っていてはいけないもの――けれど一度身につければ離すことなどできはしなかった。今、それと同じ思いが、身体を駆け巡っている。

はしたないと嫌悪することはできる。けれど、どうすれば断ち切ることができるのだろう……。

「いいえ、大丈夫」

法秀尼はそう答えて、法春を下がらせた。

独りになると、法秀尼は胸元からそっと紅絹の守り袋を取り出した。中に入っているのは、あの『天』の札だ。法春が焼き捨てようとするのを押しとどめ、我が物にした唯一の手掛かり……。

愛おしそうに守り袋に手をやってから、法秀尼はまた一つ吐息をもらした。

第三章　白と黒

一

江戸城を取り巻く外堀に面して、徳川御三家の上屋敷があった。西南に紀州、西に尾張、そして北に水戸。いずれも広大な敷地を誇っていたが、徳川斉昭が藩主を務める水戸家の上屋敷、通称小石川屋敷は、後楽園と呼ばれる見事な庭園で知られていた。

初代の頼房によって築かれ、二代目の光圀が手を加えて完成したもので、「大泉水」と呼ばれる大きな池を中心とした回遊式庭園で、京の都を模している。

つまり池は琵琶湖を表現したもので、この池には神田上水を引き入れた小川が流れているのだが、これを大堰川と呼ぶ。京にある大堰川は丹波山地から嵐山へと流れ、下流になるにつれ、保津川、桂川と名を変えるのだが、小石川屋敷の庭園にしつらえられた大堰川は、上流には、京の東福寺の「通天橋」を模した朱塗りの橋、下流には桂川にかかる橋と同じ「渡月橋(とげつきょう)」と名付けられた橋がかかるといった具合で、京の都への強い憧憬が感じられる庭なのだ。

今、斉昭はその庭に佇み、穏やかな笑みを浮かべていた。

視線の先には、今を盛りに咲きほこる藤が重たそうに花房を揺らしている。目を転じれば、もうじき盛りを迎える花菖蒲が広がる。小川のほとりには木々が爽やかな風に青葉を揺らしている。梅、桜、紅葉等々……庭は季節毎に表情を変えて、観る者を飽きさせない。

江戸城内、吹上御庭(ふきあげのおにわ)であってもここまでの優美さはなかろう――。

「殿様、こちらでございましたか」

声をかけられて、斉昭は「ああ」と振り返った。

声の主は、正室の吉子(よしこ)であった。歳は斉昭の四歳下となる三十三歳。幼い頃、登美宮(とみのみや)と呼ばれていた彼女は、皇族有栖川宮織仁(ありすがわのみやおりひと)親王を父とする大変高貴な生まれである。

瓜実顔にすっきりとした目、口元は気品を感じさせ、どんなときでも柔らかな笑みを絶やさない。いかにもやんごとなき姫君という風情ではあるが、書をよくし、物事を見極め、臆することなく自分の言葉で語るし、薙刀や乗馬もこなすという活発な面も持ち合わせた女性であった。しかし、それが災いしてか、吉子は二十七歳まで嫁ぎ先が決まらなかった。六年前、斉昭が家督を継いで二年目のときにようやく婚儀がまとまったのである。二十七歳といえば、失礼ながら当時としてはかなりの大年増であるが、斉昭との相性は良く、二人の仲はとても睦まじいものであった。

「おお、元気そうじゃな」

斉昭は吉子が連れている男児と後ろに控えていた乳母が抱いている赤子に目をやって目を細めた。男児は五歳になる長男の鶴千代麿（のちの慶篤）、赤子は昨年生まれたばかりの以以姫であった。二人とも吉子に似て、聡明そうな目をしている。

斉昭と吉子との縁組が決まったとき、時の帝（第一二〇代仁孝天皇）は非常にお悦びになった。斉昭の生母は公卿烏丸家の出で、姉二人も公卿に嫁いでいたし、何より水戸は尊王の家柄、まことにめでたいというのである。

尊王とは、天皇家を第一に敬うという意味だ。

水戸家は尾張家紀州家と並ぶ徳川御三家の一つなのになぜか？　と思われるかもしれないが、それにはこんな理由があった。

水戸家の二代目、水戸黄門として有名な光圀が全精力を傾けた事業に「大日本史」の編纂がある。これは将軍家の正当性を証明するためには、その任を命じた天皇家は絶対的な存在でなくてはならないという意図の元に作られたもので、古事記や日本書紀といった神話時代から続く天皇家を万世一系の神聖な存在として、その天皇家から征夷大将軍に任じられた徳川家は、歴史的にみて正当な覇者であると裏付けたものであった。

光圀の死後もこの編纂事業は続けられ、明治になってようやく完成をみるのだが、このことにより、水戸家では、「徳川家よりも天皇家こそ、第一に敬うべきものである。もし、徳川本家が天皇家に不義をするようなことがあれば、水戸はこれを正すべきである」という尊皇の思想が時を経るごとに強くなっていた。もしも何か事が起きて、朝廷と幕府とが弓矢を交えることになったときには、たとえ、幕府に背くことになっても、朝廷に向かって弓を引いてはならないと家訓にあるほどに、朝廷への畏敬の念を公然と掲げていたのである。

御三家として徳川幕府に数ある親藩の中でも最高位として扱われ、将軍家と同じ三つ葉葵の家紋をつけることを許され、江戸城内でも佩刀持参が許されるなどの特権を有し、水戸家は定府、すなわち江戸詰のままと決められ、参勤交代をおこなう必要もなかった。しかし、実情はというと、尾張や紀州と比べて禄高は低く、藩内には豊かな産物は乏しく、財政は貧していた。御三家の誇りはあったが、内実は厳しい。その分、自尊心や義侠心だけはどこにも負けないという意識が強くなるのは致し方ないことかもしれない。

つまり、尊王を掲げることは水戸にとって、誇りを守るためにも必要だったのだ。

水戸家九代目藩主である斉昭もまた、幼少時から尊皇を第一に教え込まれて育った。

時の帝（仁孝天皇）は、斉昭と同じ寛政十二（一八〇〇）年生まれ（日付は二月二十一日。斉昭は三月十一日）で、名を恵仁（あやひと）、幼称は寛宮（ゆたのみや）。十歳で立太子となられ、十八歳のときにご即位されていた。

斉昭は、この同い年の帝の臣としてお仕えするのが自らの使命であると、教え込まれ育ったのだ。そして、水戸家の世継ぎと決まったとき、斉昭はひそかに上洛し、宮中に参内した。のちに義父となる有栖川宮織仁親王の計らいであった。

「よう来た」

ようやく叶った帝との拝謁は、斉昭に生涯忘れられぬものを刻んだ。さらにこのとき、帝が特別に斉昭に見せたものがある。

「どうぞ、ご覧を」

織仁親王から促され、斉昭は恐る恐る目を上げた。

そこにあったのが、『白珠（しらたま）の弓矢』であった。

弦を張る本体の弓幹（ゆがら）には、白蝶貝と細かな真珠で優美な宝相華唐草文様（ほうそうげからくさもんよう）があしらわれてあり、弦には金糸銀糸が織り込まれている。矢の方も軸にあたる矢箆（やがら）は金箔貼り、矢羽根は鶴か白鳥を思わす美しい純白の毛、そして鏃（やじり）からは虹を思わす光が出ている。よくよく目を凝らすと、それは鏃にあしらわれた親指大ほどの大きな真珠が放つ光沢であった。

見つめているうちに、斉昭は深く碧い海の底に漂っている心地がしていた。天空からの一筋の光が海底に眠る真珠に降り注ぎ、この美しい弓矢に変化させたかのようだ。

「なんと……」

あまりの素晴らしさに言葉を失い見惚れている斉昭に織仁親王はこう告げた。

「かの判官　源　義経が平氏討伐に立ち上がった際、奥州の藤原氏から門出に贈られたもの。のちに朝廷へご献上あり。その折、『白珠の弓矢』と名付けられしと伝わります」

源義経、幼名牛若丸のことを知らぬ者はいない。源氏として生まれ、源平合戦の一ノ谷や壇ノ浦でめざましい戦ぶりで、源氏を勝利に導いた。人々から愛された源氏の貴公子だ。だが、それゆえに兄頼朝に疎まれ、不遇の最期を遂げた。判官びいきといわれるほどに、今もなおその人気は高い。その義経を最後まで支援し続けたのが、奥州平泉の藤原家である。中尊寺金色堂を作った藤原家であれば、このように贅を尽くした弓矢を作られたとしても不思議ではない。

「判官どのが朝廷に献上したお品……」

古（いにしえ）より、弓矢は武具としてだけではなく、神事の道具としても用いられてきた。弦をはじき、邪を払う。この美しい弓矢は魔を払うにふさわしい品と思えた。

織仁親王はこう続けた。

「これは天下を治める力を持つ、五つの宝の一つだと言われております」

このとき、帝はまっすぐに斉昭を見つめ、涼やかな声でこうおっしゃったのだ。

「五宝が揃うところが見たいものじゃ」と――。

あれから、八年の歳月が流れてしまった。帝をお待たせしてしまったことについては忸怩たる思いが込み上げてくる。

斉昭がどこよりも美しいと誇りに思う庭の中には、吉子と斉昭との婚姻を祝って、帝より特別に下賜された桜の木も植わっていた。帝もまた、この斉昭を特別に思い、心頼みにしてくださっている――斉昭にはその証のように思える大切な桜である。

この桜の下賜にあたり、吉子が詠んだ歌がある。

天ざかるひなにはあれど桜花　雲の上まで咲き匂はなん

都から遠い地にあっても、雲の上（都）まで届くほどに咲き匂わせましょう。

水戸の地にあっても都のことは忘れません。帝をお守りするのは私たちだとでもいいたげな、なんとも積極的な吉子の気性をうかがわせる歌だ。

帝との秘密の謁見から二年後、吉子との婚礼が執りおこなわれた。その夜、斉昭は吉子に、『白珠の弓矢』を拝見したこと、あと四つの宝を揃えてお持ちすると約束したことを話した。

「父からもその手助けをするようにと言われております。私にできることでしたら、なんなりとご遠慮なくお申しつけを。どのようなことでも致しますゆえ」

吉子はしっかりとした眼差しでそう応えた。力強い味方を得た思いがあった。

「……ただ、一つ、少し気になることがあってな」

斉昭は吉子に少し疑問に感じていたことを口にした。

「五つの宝を揃えた者が天下を治めると仰せであった。しかし、そのようなものがなくとも、三種の神器があればよいようにも思えるのだが」

三種の神器――八咫鏡（やたのかがみ）、八尺瓊勾玉（やさかにのまがたま）、草那藝之大刀（くさなぎのたち）――とは皇位継承の正当性を示すものだ。

吉子は不審に思われるのはわかりますというように頷いてから、こう言った。

「殿様は陰陽五行（いんようごぎょう）をご存じでございましょう？」

「……あ、ああ、むろん存じている」

と、斉昭は頷いた。

陰陽五行とは古代中国で生まれた思想である。元は陰陽説と五行説と別の思想であったが、融合して論じられるようになった。陰陽説は全てこの世の中のものには陰と陽、二元の働きを与えられていて、消長（浮き沈み、勢いづいたり衰えたり）しながら生成変化するとするもの。五行説は、万物の根源を木火土金水の五元素に置き、それぞれが互いに影響し合い、世界が成立、変化していくとするものである。宇宙観、世界観ともいえ、いずれも易や占いなどで用いられ、日本でも陰陽道の根幹をなし、季節、天変地異、吉凶から、人体のしくみに至るまであらゆる事象を説明するのに用いられている。

「五行は色に対応しておりましょう。木は緑、火は赤、土は黄、金は白、水は黒」

「翡翠の緑、紅玉の首飾りの赤、虎目石の黄、白珠の弓矢の白、黒水晶の黒……そうか。三種の神器が光であれば、五宝は闇。陽と陰か」

「さすがでございます」

吉子は聡明さを感じさせる透明感のある笑みを浮かべてこう続けた。

「この国をより強固に守るために、五つの宝が必要なのだとそう私は解釈いたしました」

この世のもの全てに陰陽の役割があり、それで均衡がとられているのだとすれば、光と闇、両方あってこそ天下を守る力となる。しかも、これら五宝には天下を狙いながらも志半ばで破れた者たちの怨念が籠もっている。それらが合わされば、強大な力となるに違いない。

「そして、それらを集めることができるのは、この日ノ本広しといえど、殿様を措いてはおりますまい」

そう告げた吉子の姿はまるで天女のような神々しさがあった。

「身に余る光栄というべきだな。この身に代えても必ずや五宝を揃えねば」

斉昭は即座に応じてはみたものの、まだ一抹の不安のようなものが身の内を波立たせるのを感じていた。すると、それを見越したように、吉子はさらにこう囁いたのであった。

「ご心配には及びません。あなたさまの天下を思う心が本物であれば、おのずと宝は吸い寄せられるはずでございます」

その夜、斉昭は不思議な夢を見た。

夢の中で、斉昭は高くそびえたつ山の頂きに佇んでいる。空は五月晴れのように青く澄み渡り、地上へと目を転じれば、人々は笑いながら暮らしている。が、突然、遠い海の向こうから、黒い小さな点が現れたと思うや、どんどん大きくなり、巨大な船団が押し寄せてきたとわかる。斉昭は声を上げて、人々を逃そうとするのだが、どんなに叫ぼうとも声は届かない。そうしている間にも、船団は近づき、姿を露わにし、大筒を装備していることもわかるのだ。

美しい青空は消え、天は重々しい黒い雲が垂れこめ、やがて、船団の大筒からは爆音が響き、巨大な火の玉が飛び出してくる。斉昭は無駄なことだと思いながらも両手を広げて立ちふさがろうとするのだが、と、そのとき、天空からまばゆいばかりの五つの光の輪が現れる。五つの光の輪に包まれた斉昭は、みるみる力がみなぎっていくのを感じる。火の玉は辺りを焼き尽くす勢いで迫ってくるが、斉昭には微塵の恐れもない。

「来るなら来い！」

そう叫んだところで目が覚めた。

江戸幕府は十一代を数え、国の中は安泰に思われてはいたが、洋上にはしばしば外国船が現れ、脅威をもたらすことが増えていた。

水戸では、文化四（一八〇七）年頃より、鹿島灘に異国船が現れ始め、藩では海防詰所を建て砲台を備えるなど来襲に備えていた。その後も外国船は何度も沖合に現れ、藩を脅かし、斉昭が家督を継ぐ五年前の文政七（一八二四）年にはついに、常陸大津浜に英国船員十二人が上陸するという騒動が起きていた。船員たちは即刻拘束されたが、尋問の結果、彼らは捕鯨船員であり、薪水を求めて上陸したことがわかり、釈放され船に返された。しかし、彼らは侵略者であるとし、釈放したことを非難し攘夷を唱える声も高く、翌年には、幕府により、異国船打払令が出されたのである。

今のままの幕府では、いずれ諸外国に呑み込まれてしまうのではないか――。

水戸学の薫陶を受けて育った斉昭は、攘夷（外敵は討ち払うべし）に何の疑いも持ってはいなかったが、その一方で、敵を知ることは大切だとも考えていた。蘭学者やオランダ人らを呼び、知識を得て、良いことは貪欲に取り入れてきた。滋養強壮によいと聞くと、毎朝牛乳を飲み、肉食もするという具合である。だが、そうして、外国の優れたものを学べば学ぶほどに、斉昭の中で、このままでは諸外国の餌食にされてしまうという危機感が募っていた。

だが、幕府はといえば、長い太平の世に慣れきっているのか、外敵に対する備えの大切さをまったくわかろうともしない。斉昭が海防のために砲台を建設しようとしているのを見て幕府に対する謀反ではないかと騒ぎ立てる者もいる始末だ。

相手にするのも馬鹿馬鹿しい。わが日本の国を護るには、帝を仰ぎ、結束するしかない――そう考えるに至った斉昭にとって、五宝を手に入れよという帝の仰せは必然でもあったのだ。

だが、吉子との婚姻から六年――、残念なことに五宝揃えは、遅々として進んでいない。無論、何もしていなかったわけではない。手を尽くし、宝の行方を探させていた。

『淀殿の涙』のありかはすぐに知れた。水戸の出である院代にもそれとなく因果を含めて、他の宝が揃い次第もらい受ける手はずを整えていた。ところが、先日奪われてしまったと知らせが入った。頼みにしていた川村喜左衛門も死んでしまったという。

「ふぅ……」

斉昭は思わず、大きく吐息をもらした。人頼みにしていては埒が明かぬのか。

「殿様」

斉昭を気遣うように、吉子がこちらを見ていた。何か言いたげな目をしている。

「どうした?」

「実は少し気になる噂を耳にいたしました」

「噂?」

「はい。先日宿下がりから戻ってきた奥の者が申すには、今、江戸の市中にて髑髏明神なるものが流行っているとか」

「髑髏明神。それはまた奇怪な名じゃな」

髑髏と明神を掛け合わせるとは趣味が悪い。斉昭は小馬鹿にした笑みを浮かべた。

「ええ、私も品のない名と思うたのですが……」

と、吉子は頷きながら、そっと斉昭の耳に顔を寄せた。

「その髑髏明神のご神体が黒水晶で作られた髑髏だというのです。しかも、この世のものとは思われぬほどの氣を放つと」

「何っ……」

もしや、それは織田信長が本能寺で果ててから、いずこ知れずとなった黒水晶ではないのか——。

斉昭の目の色が変わったのを見て、吉子は頷いてみせた。

「ええ。もしやとは思いますが、聞き捨てにはできますまい？」

「ああ」

「殿様、あの者をお使いになってはいかがです？」

「あれか……あれはどうも得体が知れない」

と、斉昭は少し嫌そうな顔になった。半年前、吉子がどこからか連れてきた。吉子はいずれ役に立つと思っているらしいが、自分のことすら覚えていない男だ。

「そうですか。薬さえ与えておけば、従順なものですよ」

吉子が謎めいた笑みを浮かべた。

有瀬壱之助は判二をお供に、江戸本町の薬種問屋を訪ねていた。江戸本町はその名の通り、「江戸の中で初めに造られたおおもとの町」の意味がある。江戸城大手門の真東に位置し、諸街道の起点である日本橋にも隣接している。京・大坂より進出してきた大店が建ち並ぶ、賑わいだ通りである。

「有瀬さまのお宅のものは、どれも品質がよいと評判でございます」

いつも薬草を買い取ってくれる主人は、如才ない笑顔を浮かべた。

「……なら、もう少し高値で買い取ってくれてもよさそうな」

ぼそっと判二が呟き、壱之助は軽く睨んでたしなめた。すると、主人は、壱之助に顔を近づけ、こう囁いた。

「高値で買い取ってもよいものもございますよ。よい種がございます。それを栽培していただけるなら」

壱之助が返事をしないでいると、主人はさらにこう重ねた。

「享楽丸(きょうらくがん)を作りたいのでございますよ」

「いや、やめておこう。今のものだけでも手一杯だ」

と、壱之助はにっこりと笑って答えた。

「さようで……」

主人は一瞬、残念そうな顔をしたが、すぐに「ではお気が変わられればいつでも」と、如才ない笑顔に戻ったのだった。

「兄ぃ、享楽丸って、どういう薬なんですか」

店を出た途端、判二が尋ねた。

「媚薬だ。痛み止めから作られたと聞くが……」

「へぇ～」と嬉しそうな顔になった判二に、壱之助はこれまでにない厳しい顔つきになった。

「いいか。決して手を出してはならぬ」

「は、はい。そんなに怖い薬なんで？」

「使い方を誤れば、人が人でなくなる」

壱之助の真剣な面持ちに、判二はごくりと唾を飲み込んだ。それを見て、壱之助は笑みを浮かべた

「ほら、君子危うきに近寄らずというだろ」

「く、くんし、なんですか、それ。脅かしっこなしですよぉ」

判二の情けなさそうな顔が可笑しくて、壱之助は声を上げて笑ったのだった。

「あれ、壱之助さんじゃないですか！」

屋敷近くまで戻ったときだった。通りの向こうから声がかかった。声の主は火附盗賊改方の蟹丸彦三郎だ。

「ちょうどよいところに。今から伺おうと思っていたところです」

何か話があるらしい。壱之助は彦三郎と並んで歩き始めた。

その頃、神田明神近くにある壱之助の屋敷の庭先では、勘助おたつ夫婦が派手な夫婦喧嘩を始めていた。

「そんなに行きたきゃ、一人で行け！」

勘助が怒鳴り声をあげると、

「なんだよ、その物言いは。偉そうに。人が心配して言ってるのに」

と、おたつも声の大きさも気の強さも負けていない。

普段は滅多に喧嘩をしない、仲の良い夫婦が言い争いを始めたので、奥から出てきた千与は目を丸くして、慌てて間に入った。

「いったい、どうなさったんです！」

「あれ、千与さん、ちょうど良い。言ってやってくださいな、この馬鹿亭主に」

「馬鹿はおめぇだろう」

「なんだって！」

「やるか！」

勘助が腕をまくると、おたつも負けじと柄杓（ひしゃく）を振り上げた。

「叩くって言うのかい、あんた！」

「おお、上等だ。亭主の言うことを聞けねぇばかりか、馬鹿呼ばわりされて、黙ってられるか」

「何さ、偉そうに。叩けるもんなら叩いてみなよ」

「おやめください。ね、危ないから」

千与が両手を広げて、二人の間に立とうとしたとき、判二と出かけていた壱之助が蟹丸彦三郎を伴って帰ってきた。

「おいおい、表まで聞こえてるぞ。何事だ」

「よかった。有瀬さま、お止めください」

「だいたいこいつが生意気なんで」

と、勘助はなおも拳を振り上げた。

「殴るのはよくねぇよ」

と、判二が勘助の腕を押さえ、彦三郎がおたつの手から柄杓を取り上げた。

「いい加減にしなさい」

「けどね、判二、私はこの人のことを思って言ってるのに、行きたくないの一点張りで」

と、おたつはまだ興奮が収まらない様子で、言いつのった。

勘助がどこへ行きたくないと言っているのか、おたつの言い分ではわからない。

「どこに行こうって言うんだ。医者か？　それとも神社か寺か」

壱之助が問うと、勘助がいやいやと首を振った。

「この馬鹿は髑髏明神とかぬかしやがって。本当に馬鹿で」

「もぉ、馬鹿、馬鹿って何さ」

と、おたつがまたまた噛みついた。

それにしても髑髏明神とは気味の悪い名前だ。千与も知らない名らしく、首を傾げている。だが、彦三郎には聞き覚えがあるようで、渋い顔になった。

「彦さん、知っているのか」

「ええ、まぁ」

「どんな病気も治すと、えらい評判なんですよ」

「ですよね、ほら、彦の旦那だってご存じじゃないか」

と、おたつが鬼の首を取ったような顔になった。

「髑髏明神さまにお願いすれば治っちまうんだからさ、行こうよ、おまえさん」

「勘助さん、どこかお悪いんですか？」

千与が心配げに勘助を窺った。

「いえ、その大したことじゃねぇんで。ご心配には及びません」

「何さ、格好ぶって。ひぃひぃ泣いてたくせに」

と、おたつが言った。

「この人はね、痔なんですよ、もう血が出たの、痛いのと、毎朝そりゃ大変で」

「馬鹿、何言ってんだよ！」

「だって本当のことじゃないか」

「本当だからって、ひとさまに言うなって！」

耳まで真っ赤になって恥ずかしがっている勘助を見て、判二は笑い始め、壱之助はやれやれと苦笑いを浮かべた。千与は笑っていいものか、気の毒がった方がいいのかわからないのか、なんともどっちつかずな顔をして困っている。だが、彦三郎は、渋い顔のままふーっと息を吐くと、「行くのはやめろ」と言った。

「金を取られるぞ」

「そりゃ、旦那、お賽銭ぐらい弾まなきゃ」

と、おたつが応じた。おたつの財布の紐はかたいが、出すときには出す。貧乏たらしくみられるのが、嫌いなタチだ。

「うむ。弾むぐらいならいいんだが……」

彦三郎はまた一つ、ふーっと息を吐いた。

「そんなに高いのか」

壱之助の問いに、彦三郎は頷いた。

「おいくらぐらいなんです？」

と、判二が尋ねた。

「一回、最低一両は必要だと聞く。十両二十両と弾む者もいるとか」

「げっ」と、勘助は大仰に驚いてみせ、ダメだとばかりに口をへの字にした。

「本当ですか？　それは」

おずおずとおたつが尋ねる。

「ああ、その金を払って、髑髏の形をした水晶玉を拝んだそうだ」

「髑髏玉を拝むんですかい？　くわばらくわばら」

判二は大仰に首をすくめてみせた。

「だがな、蔵前の両替商など、病気の孫可愛さに百両もの大金を払ったそうだ」

「ひゃ、百両……」

おたつもさすがに無理だと首を振った。

「それで、その病気のお孫さんは治ったんですか？」

と、千与が尋ねた。

「いっときは良くなったが、可哀想に亡くなってしまった。主人は寝込んでしまう始末だ。女房がよくよく話を聞いたら、さらにもう百両出していたとか」

「まぁ」

「そりゃ、えらいことで」

と、千与とおたつが同時に目を丸くした。

「ひでぇ話だ、そりゃ。金はとり返せねぇんですかい？」

と、判二が彦三郎をみた。

「ああ。女房が納得できないと言って、髑髏明神に掛けあったらしいが、信心が足りなかったせいだと言われてしまってそれまでだ。人の不幸につけ込んで金をむしるなんて、一番やっちゃいけないことなんだが……」

「そうですよ、本当に」

判二も勘助おたつ夫婦も、ひどい話だと頷き合った。

「しかし、確かに、お上としては関わりになりたくない案件だろうな」

と、壱之助が口を開いた。

「何をもって効き目があったとするかは、医師であっても難しいだろう。三日で亡くなるところが、ひと月もったのだからと言われてしまえば、終わりだ」

「壱之助さんまでそんな」

彦三郎は苛立ちを隠さない。

「それが良いとは言っていない。彦さんが言うように、人として一番やってはいけないことだと思うよ、私も」

彦三郎は頷き、ほっとしたような笑みを浮かべた。こういうとき、本当に彦三郎はわかりやすい。心の内を偽らず、すぐに表情に出てしまう。だが、弱い者への心配りを忘れず、正義感に溢れているこの男のことを、壱之助は嫌いではない。

「やっぱり、そういうとこに行きたかねぇよ」

勘助はいかにも嫌だというように首を振った。

「だよな、やめておいた方がいいさ」

と、判二が応じると、おたつも素直に頷いた。

「そうだね。ごめんよ、お前さん」

「いや、いいんだ。俺の方こそ、おっきな声を出して悪かったな。俺のことを気にしてくれるのはありがたく思ってんだよ」

「やだよぉ、もう。当たり前のことじゃないか」

喧嘩っ早いが仲直りも早いのが、この夫婦の良いところであった。

「よかった」

と、千与は安堵したように微笑んでいたが、壱之助は小さく吐息を漏らした。

髑髏明神か……信心にかこつけて金をむしるような輩、捨ててはおけない。

「彦さん、このままにしておく気なのか？」

「むろん、私としては捨ておけぬと思っていますが、上はそんな小さな話は町方に任せておけの一点張りなのです」

「盗まれたわけではないから、火盗改（かとうあらため）の出番ではないということか」

「ええ」と、彦三郎は腹立たし気に拳を握った。どうにかしたいと願いつつ、何もできない自分に腹が立って、歯がゆくてならないのだろう。

「話があると言っていたのは、このことか？」

「ええ、まぁ。つい愚痴をこぼしたくなったのです。ご勘弁を」

「構わないよ、そんなこと。飲みながら話そうか」

「そうですよ、旦那。少し、飲んだら気が晴れまさぁ」

判二もそう促したが、彦三郎は「いやいい」と手を振った。

「……何か手立てはないか、考えてみます」

彦三郎は生真面目にそう言うと踵（きびす）を返した。

「旦那、ありがとうございやした」

「お気を付けて」

勘助とおたつが仲良く揃って、彦三郎を見送っていく。千与はそんな二人を微笑ましく見ている。

「あにぃ、例の『髑髏水晶』ですかね」

と、判二が壱之助の耳元で囁いた。織田信長が愛用したという黒水晶の髑髏は本能寺の変以降、行方がわからないと聞いている。それが巡り巡って江戸にあるとしたら……。

「うむ……」

判二に言われるまでもなく、壱之助は髑髏明神を探る気になっていた。

二

髑髏明神は、浅草寺から大川吾妻橋を渡った先の本所に社殿を構えていた。この辺りには、貞観二（八六〇）年に慈覚大師の御神託により創建したと伝わる牛御前社（牛嶋神社）や太田道灌開基の日蓮宗法恩寺、南蔵院、延命寺など寺社が集まっている。

「それにしても、お前さんはいったい誰のしゃれこうべを模したんだろうね」

ご神体である『髑髏水晶』を目の前に置いて、髑髏明神は独りごちた。

禍々しい漆黒の黒水晶でできた髑髏は赤子の頭ほどの大きさがある。吸い込まれそうな二つの眼窩の奥には、闇が拡がっていて、さらに見続けていると、地獄の底から誰かに見つめられているような心地にすらなってくる。

髑髏明神は思わず身震いをして目を逸らした。

髑髏明神――と名乗っているが、この男、本当の名を粂三という。中山道沿いの小さな宿場町で生まれた。物心ついたときには、母親と一緒にかっぱらいや掏摸を生業にしている連中といた。やがて母親は粂三を置き去りにして姿を消した。男とどこかへ行ったのだ。もう顔も覚えていない。粂三は悪い仲間の中で大きくなった。逃げ足は遅かったが、頭の回転が早く、口も立つので、嘘をついて人を騙すのには長けていた。人殺しをするような度胸はない。要するに小賢しい、ケチな小悪党である。

縄張りは主に京大坂、名古屋のご城下。いずれも転々としながら、行きあたりばったりの暮らしをしていた。

ある日、名古屋のご城下でのことだ。

「なぁ、兄ぃ、ちょっと面白いものがあったんだ」

その頃、盗人仲間になっていた馬助(うますけ)が大切そうに金襴(きんらん)の布袋を取り出した。

馬助は図体がでかく、力があった。ただ、頭が少し緩い。金勘定というものが抜けている男であった。頭で稼ぐ粂三とは正反対だが、二人は妙に気が合った。

「値打ちもんかどうか、兄ぃに見てもらおうと思って」

袋は金糸銀糸をふんだんに使った布でできている。それだけでも結構な値がつくだろう。それに、かなり重たそうだ。

中身は何か。金か銀か？　だとしたら大変だと思いつつ、粂三はそれを悟られまいと、極めて興味がなさげなふりをして、「どぉれ」と、袋を手に取った。

ずしっと手応えがある。

「うっ」

中を広げて見た瞬間、粂三は思わず、ごくりと唾を飲み込んだ。赤子の頭ほどの黒光りする水晶玉である。しかも、それが髑髏の形をしているのだ。

条三は自分でも小心者だということがよくわかっている。血を見ることも嫌いだし、人の骨も好きではない。だが不思議なことに、この髑髏には引き寄せられるところがあった。

「ほうぅ、こいつは」

凄いと言おうとして、条三は慌てて口を閉じた。髑髏と目が合った瞬間、条三の頭の中に、声が響いたのだ。

——私を連れて行け——

「おい馬助、今、何か言ったか」

「へ？　何かって何がぁ」

馬助には聞こえなかったようだ。間の抜けた顔をしたまま答えた。条三は幼子に言い聞かせるように、馬助に微笑みかけた。

「いや、いいんだ。それにしてもお前、変わったものを手に入れたな」

「そうかい。なぁ、兄ぃ、良い品かい」

「まぁな」

条三はわざと素っ気なく答えた。

「馬助、これどこで取った」

「う～ん、どこだったかなぁ」

馬助は何か珍しいものがあれば、勝手に取ってきてしまう。これもどこで盗んできたのやら、さっぱり要領を得ない。

「なぁ、なぁ、兄ぃ、金になるかい？」

「そうさなぁ」

粂三は素早く頭の中で算盤（そろばん）をはじいた。

「俺が預かって骨董屋に持っていってやろう。お前だと騙されちゃいけないからな」

「う～ん、そりゃあそうだけど」

と、馬助は歯切れが悪かった。

「なんだ、駄目なのか」

「ううん。そうじゃねぇけど、俺な、今ちょっと欲しいものがあって」

「すぐ金が欲しいのか」

どうせ食べ物か女か、馬助が欲しがるものはそんなところだ。

「そうなんだよぉ」

「よし、俺が立て替えてやろう。どれくらい欲しいんだ」

「これくれぇかな」

と、馬助は右のひとさし指を立ててみせた。

「いいよ。ほい」

粂三が一両くれてやると、馬助は小躍りせんばかりに喜んで出て行った。

後に残った『髑髏水晶』を眺めていると、また声が聞こえた。

――私を連れて行け。お前に天下を獲らせてやろう――

「俺が天下を獲る……」

そんなこと、粂三は今まで、まったく考えたことがなかった。だが、口に出して言ってみると、なぜだか、奇妙な高揚感が湧いてきた。

「俺は天下を獲る」

粂三は大きく頷くと、『髑髏水晶』を金襴の袋にしまい、さっさと宿場を後にしたのであった。馬助に悪いという気持ちなど、小指の爪の先ほども感じなかった。

髑髏がこの俺に「連れて行け」と言ったのだ。だから連れて出た。それだけのことだ――というのが、この男の理屈であった。そうして、その足で江戸へ向かったのであった。はじめは見世物小屋のように珍しい『髑髏水晶』を見せて金を取るつもりだった。

だが、それを拝んだ奴が有難がって、病気が治りそうだと言った。なるほどそれは使えると、病が治るという触れ込みで人を集めた。人をだますのはお手の物だ。困っている者、弱っている者ほど、粂三のカモ、いや熱心な信者になった。

少し小金が溜まり味をしめた粂三は、本所に手ごろな土地を見つけると、自ら髑髏明神と名乗り、社を作った。半年前のことだ。

今や「門前、市を成す」とはこのことかと、粂三自身が驚くほどに、人々は『髑髏水晶』を拝みに来る。こうなると不思議なもので、粂三は自分がもの凄く偉い男になったような気がしていた。

俺は本当に天下を獲れるかもしれない――。

しかし、この『髑髏水晶』と共に過ごすようになってから、粂三は毎晩、変な夢を見るようになった。

最初は短い夢だった。ただ怒号が飛び交っているだけ、どこで誰が喚いていたのかもわからない。妙に胸騒ぎだけがする夢だった。

徐々に夢は長くなった。近頃では夢の中で何が起きているのかが、はっきりとわかる。

怒号は大勢の侍たちのもので手に手に槍やら刀やらを振り回しているのだ。

その戦場の中で、なぜか自分は必死に応戦している。味方は殆どいない。第一、敵は甲冑に身を包んでいるのに、自分は着流しの白絹姿に槍といういで立ちだ。

次から次へと自分めがけて突き出される刀を弾き、怖ろしい形相で向かってくる男の腹に槍を突き立てる。なぜ自分にそんな力があるのかわからない。

突然、肩に激しい痛みを感じた。矢が突き刺さったのだ。

身体の奥から言いようのない悲しみと怒りが込み上げてくる。

敵側では桔梗紋の旗が揺れている。

「お逃げください！」

誰かが叫んでいる。

だが、辺りはいつの間にか火の海になっていた。取り残された自分にはもう逃げ場がない。

「人生五十年、下天の内をくらぶれば、夢幻の如くなり」

なぜか敦盛の一節を口ずさんでいるところで、目が覚めた。

隣では、女と見間違うような滑らかな肌をした若者が気持ちよさそうに寝ていた。名は甲助、歳は二十歳前。江戸へ流れてくる途中で知り合った。

条三は基本、他人を信じない。人というものは裏切るものと相場が決まっている。特に女を信じていなかった。母親に置き去りにされたという思いがそうさせるのか、女という生き物は得体が知れないとさえ思っている。その点、衆道の契りを結んだ者の方が安心というものだ。

「おい、起きぬか」

粂三は少々乱暴に甲助を叩き起こした。

「あ、あいすみません」

甲助は慌てて起きあがった。

「明神さま、どうかされましたか？　また変な夢でもご覧に？」

そう問いかけてくる顔は可愛い。

「いやいや、そんなことはない。お前が横にいてくれれば、変な夢など見ないで済む。それよりももうそろそろ信者がやってくる時刻だ。ちゃんとお迎えせねば、だろう」

粂三はなるだけ優しい声を出した。

「はい。さようですね。お仕度せねば」

甲助は素直に頷くと部屋を出て行った。

「さ、今日もしっかり稼がせてもらおうか」

粂三は大きく一つ伸びをすると、衣に手を伸ばした。

朝早くから、参道には大勢の人の列ができていた。軽く五十人はいるだろう。

「さすがだな……」

と、蟹丸彦三郎は独りごち、慣れぬ町人髷に手をやりながら、列に並んだ。正面切っての探索が許されないのであれば、姿を変えてでも、とにかく内情を探るだけはしておきたいという一心であった。隠密行動だから、なるだけ目立たないように、町人姿を選んだ。自分の中では日本橋の小さな商家の若主人風にしつらえたつもりである。

周りを眺めると、並んでいるのは子供を連れた母親から、腰の曲がった年寄りまで、老若男女を問わず、みなどこかに病を抱えているのか、それとも縁者が病に苦しんでいるのか、深刻な顔をしている者もいれば、声高に病気自慢をしている者もいるという具合だ。彦三郎はわざとらしく、胃を手で押さえ、痛そうに顔をしかめてみた。

すると、三十すぎの女が声をかけてきた。

「大丈夫ですか？」

「ええ、ご親切にありがとうございます。大丈夫です」

問わず語りに女は、老父の病気治癒を祈願しに来たと話した。

「痛がって、痛がって……もうどこのお医者さまにも見放されておりましてね。でも、どうにかしてやりたくて。散々苦労かけちまったから」

罪滅ぼしをしたいのだと女はため息をついた。

それならばこんなところに来てはいけない……と思わず言いたくなるのを彦三郎は堪えた。

「ここにお並びなだけで、もう十分親孝行をなさっているのでは」

と、彦三郎が言ったときであった。苛立った男の声がした。

「おい、婆さん、割り込むんじゃねぇよ」

前の方で、男に小突かれて、老婆がよろめくのが見えた。

「やめぬか！」

彦三郎の口から咄嗟に声が出た。

「はぁん」と、柄の悪そうな男が振り返って、彦三郎を睨みつけた。

「なんでぇ、えらそうに。お武家かと思ったら、どこぞのお店者かよ」

男は小馬鹿にしたような顔になった。剣の腕はあっても元々童顔の彦三郎はただでさえひ弱に見られがちだ。ましてや大小も差していない町人姿では、どう見ても強そうではない。男は図に乗って、説教を始めた。

「なぁ、いいか。この婆さんが割り込もうとしたから駄目だと言ったんだ。みんな長いこと待ってんだよ。順番を守らない方が悪いんじゃねぇのかい」

男の言うことは正論だ。ここで出しゃばっては、せっかくの変装が無駄になる。

「……はぁ、それはそうですが」

「まだ文句があるってのか」

男は彦三郎の胸元を摑まんばかりだ。

「すみません。いいんです、いいんですよ。ありがとうごぜぇます。この婆が悪いんでございますから。どうぞ喧嘩はおよしを」

何度も頭を下げる老婆をかばいながら、彦三郎は男に軽く頭を下げ、列に並びなおした。頰被りをした老婆は足が痛いのか杖をついている。

「婆さん、大丈夫かい。あっちで座るかい?」

「へぇ、大丈夫でごぜぇます。ご親切に。どうぞお構いなく」

老婆は顔を上げ、ちらりと彦三郎を見たが、すぐにまた頭を下げた。

「いいんだよ」

と、彦三郎は老婆に微笑みかけた。「何がいいんだよ。だ」と老婆が口の中で呟いたなど、思いもしない。

ああ、やれやれ、これで変装したと思っているのだから、お気楽なもんだ――。

彦三郎が老婆の頰被りの下を覗き込むことができれば、老婆の左目のふちに小さなホクロがあるのに気付けたはずだ。そう、彦三郎に向かって毒づいた老婆は、お蘭であった。お蘭もまた『髑髏水晶』の噂を聞きつけ、興味を抱いたのであった。お蘭は彦三郎には以前、深川の家で会ったことがあった。あのときも嘘のつけない男だと思ったが、この姿を見ていると、真っ向勝負しかできないというか、なんとも愚鈍な男としか思えない。だが、こんな男でも火附盗賊改が出張ってきているとは面倒なことだと、お蘭は小さくため息をついた。

参道の列が動いた。賽銭を納めると、社殿に入ってよいようだ。

「おいくらでも、お気持ちを……」

入り口で宮司姿の若い男が促していた。女のような華奢な体つきと美しい顔をしている。列に並んでいた者たちは、少ない者は一文、多い者で二朱程度の金額を賽銭箱に入れていく。金がなく野菜を置いていく者もいる。それでもよいのだ。

お蘭は意外に思った。特別祈禱には多額の現金が動くと聞いていたのだ。最初のうちは出しやすい金額にして、通いやすさを売っているのか。髑髏明神という男、なかなかの策士かもしれない。

社殿に入ると、お蘭は素早く辺りを見渡した。

「髑髏明神さまぁ、どうぞ、どうぞご慈悲を」

「お助けくださいまし」

中にはまた大勢の信者たちが集っていた。悲痛な声を上げる者もいれば、ただ黙々と目を閉じ、待っている者もいる。お蘭より前に入った彦三郎は鋭い目つきで、周りを見渡している。

「あれじゃ調べに来たと丸わかりだよ、ま、知ったことじゃないけど」

お蘭の気がかりは、彦三郎よりも厄介な相手——壱之助が来ていないかということであった。

あいつのことだ。どんな姿になっているかしれない——。

そう思って眺めるせいか、どいつもこいつも怪しく思えて仕方がない。

そのとき、恰幅の良い男が入って来た。どこかの大店の主人か。福々とした丸顔で眼光は鋭く、ピンと伸ばした背筋にはかなりの威圧感がある。腰の定まり具合は武士を思わせる。お蘭はさらに注意深く男を観察した。足運びはすり足で、ほんの少し左の腰が捻じれている。これは常に大小を帯刀していた者に多い。つまりは武士。その男の後ろには番頭姿の男がお供についている。こちらも何やら目つきが鋭くお店者とは思えない。

誰だろう。壱之助たちではなさそうだけど——。

と、その刹那、ざわついていた人たちがさっと静かになった。黒烏帽子に白い狩衣を身に纏った中年男がシズシズと現れたのである。

おそらくこれが髑髏明神と名乗り、病人たちを騙している男であろう。

髑髏明神は後ろに控えていた宮司に目をやった。さきほど賽銭を促していた女のように華奢な若い男だ。彼は、手に恭しく三宝（さんぽう）を掲げている。その三宝に乗っているのが、髑髏をかたどった黒水晶であった。

人々の視線が黒水晶に向かっているのがわかる。そして、視線が集まれば集まるほどに、黒水晶は底知れぬ輝きを放つのだ。黒水晶は古より強大な浄化作用を持ち、魔除けや邪気払いに使われる。だが、この髑髏はそれ自体が禍々しい氣を発していた。

それでいて、黒光りしたその顔は整い、美しい。髑髏の二つの眼窩の奥には漆黒の闇が広がり、引きずり込まれそうに思えるほどだ。

「欲しい……」

お蘭は思わず呟いていた。強烈な渇望が湧いてきた。あれが五宝であろうがなかろうが、この手にしたい――。あれが似合うのは私だ。

「ありがたや、ありがたや」と、拝みながら涙ぐむ者もいる。

もう少し間近で黒水晶を拝みたいと願う信者たちの気持ちを封じるように、髑髏明神は水晶玉を袱紗（ふくさ）で覆い隠した。

「ああ」と信者たちの間から、いかにも残念というため息が出た。

髑髏明神は柔らかな笑みで応えている。彼の顔は十人並み。さほどの美男ではない。だが、笑顔には少し色気があって、かつ親しみやすい。こういう男が甘い言葉を弄して、人を騙すのをお蘭は何度も見てきた。人の好い笑顔を振りまきながら、嘘をつくこと、人を裏切ることを髪の毛ほども悪いと思っていない。厄介な相手だ——。

お蘭は男に自分と同じ匂いを嗅いでいた。強面のわかりやすい悪の方がよほど、手なずけやすい。だが、こういう男に色仕掛けは効かない。食うか食われるかになりがちだ。

「これより特別御祈禱の受付をいたします。希望される方はご祈禱料をご用意の上、ご記帳ください」

美男の宮司が告げた。すると、間髪をおかず、一人の男が立ち上がり、

「髑髏明神さま、この前の特別御祈禱のおかげで子供の病が治りました！」

と、声を上げた。

「今日は母親の病をよろしくお願い申し上げます」

男は恭しく掲げるようにして、金子一包みを髑髏明神に差し出した。祈禱料として二十五両差し出すということだ。

「あなたは本当に御信心深い。母上さまの病も早くよくなることでございましょう」

髑髏明神が神妙な顔つきで応じている。お蘭は思わず口元が緩んだ。二人のやり取りはなんとも芝居がかっている。サクラに違いない。だが、他の者には効果的だったのだろう。みな我も我もと金を出し始めた。

「あのぉ……」

お蘭の少し前にいた白髪頭の老人が弱々しい声を上げた。年季の入った印半纏（しるしばんてん）を羽織っている。どうやら目を患っているようだ。白く濁った右眼が痛々しい。顔にはシミが浮かび、皺も深い。

「どうぞ、これで目を治してくださいまし。お願いいたします」

老人はそう言って小判を一枚掲げた。

宮司は不服そうな顔になった。こんな金額では受け付けられないとでも言いたげだ。

「足りない分は後から必ずお納めいたしますんで。お願いでございます、お願いで」

「爺さん、やめておけ」

そう言って、老人を制したのは、彦三郎であった。

「悪いことは言わぬ。ここに払う金があるなら、医者の元へ行った方がよい」

黙っていられなくなったのだろう。正義漢ぶった彦三郎の様子に、周りの者はぎょっとした表情になったが、お蘭は面白いことになりそうだと、ほくそ笑んだ。

「どちらさまで」

宮司はあからさまに不快な表情を見せ、彦三郎を睨みつけた。怪しまれるのは当然だ。

「御祈禱が不要ならお帰りください。他の方に妙なことはおっしゃらず」

「いや、しかし」

「これ以上邪魔をされるなら、人を呼びますよ」

髑髏明神はといえば、にこやかな笑顔のまま、宮司と彦三郎のやり取りを見守っている。下手に騒ぐよりどっしりと構えていた方がいいとわかっているのだろう。

そのとき、彦三郎を押しのけるようにして、さきほどの恰幅の良い男が一歩前に出た。さらにこの場を邪魔する者が出たのかと、宮司は気色ばみ、「誰か」と声を上げそうになったが、男はにこやかな笑顔で一礼してそれを制した。

「紙屋（かみや）長兵衛（ちょうべえ）と申します。これで特別に御祈禱願えますかな」

そう名乗った男は、後ろの番頭に目をやった。番頭は懐から袱紗に包んだ金子（きんす）を取り出しうやうやしく宮司に差し出した。切餅が三ついや、四つは入っている大きさだ。となると百両だ。

「そのような大金、どぶに捨てるようなもの」

彦三郎がまたまた声を上げかけたが、長兵衛は彦三郎を一瞥してこう言い放った。

「お前には無用の長物に見えるかもしれないが、私にはこれだけを払う価値があると思えるのでね」

「おお、おお、その通り。紙屋どのとおっしゃったかな。御奇特なことじゃ」

と、それまで黙っていた髑髏明神が声を上げた。髑髏明神は彦三郎に目をやると、

「信じぬ者にまで払えとは言わぬ。さっさとお帰りなされ。ここでは信心の深い者だけが救われるのですから」

「ささ、お帰りを！」

宮司も声を立て、それに合わすように周囲の者たちも彦三郎を追い立て始めた。

「そうだ、そうだ。帰れ！　帰れ！」

その間に、髑髏明神は紙屋長兵衛をいざなって、奥へと踵を返した。

去っていく紙屋の後ろ姿は、堂々としていて、一分の隙もない。さきほどの落ち着き払った物言いといい、金の出し方、佇まいといい、並みの男ではない。

紙屋長兵衛……この男も『髑髏水晶』を狙っているとしたら、厄介だ。

お蘭は紙屋の後ろ姿をじっと見つめていた。

一刻（ひととき）ほど後のこと。上野不忍池近くに、彦三郎に眼医者に行った方が良いと言われた

老人の姿があった。

この辺りは元々寛永寺の門前町で、春は上野の山の桜、夏は不忍池の蓮と、江戸の人たちが憩う場所のすぐ近くである。中でも下谷広小路は、明暦の大火の教訓から、類焼を防ぐ火除地として設けられたのだが、だだっ広く、何もない場所にしておくのはもったいないとばかりに、店が立ち並び、今や江戸一番と言っていい繁華街となっていた。

酒やちょっとした食べ物を出す店や女子供が好きそうな小物屋、古着屋などのほかに、見世物小屋や小芝居を見せる小屋まであると言った具合で、人通りが途切れることがない。

この賑やかな通りから少し離れた池之端を、白髪頭の老人はゆっくりと歩いていた。目が不自由なせいだろう。

ここには江戸でも随一の出会茶屋街がある。出会茶屋とは男女が密やかに逢い引きする場所で、ここを通る人は互いに見て見ぬふり、知らぬふりをするのが礼儀であった。

ほつれが目立つ印半纏を着た老人が歩いていても、誰も気にも留めない。

老人は茶屋と茶屋の間の狭い路地を進むと、ある木塀の前で立ち止まった。そうして、辺りを素早く確認すると、塀の上部を叩いた。すると、塀はわずかに横に動き、老人はその隙間に身を滑り込ませた。もし仮に、老人の後を尾けてきた者がいたとしても、霞のように消えたとしか思えない素早い動きであった。すたすたと目の前の家の中へと入っていく。とても七十過ぎの老人には見えない。

家の奥の一室に入ると、老人は半纏と着物を脱ぎ始めた。意外にも鍛え抜かれた上半身が露わになる。

老人は、化粧鏡の前に座った。白そこひを患った顔にはシミが浮かび、皺も深く刻まれている。老人は白濁した右目を大きく開け、人差し指で目尻を外側に引っ張り、軽くまばたきをした。ぽろり、魚のうろこのような白濁した膜が取れる。続いて、老人は無造作に、頭に手をやり、白髪を脱いだ。鬘（かつら）だったのだ。次に慎重な手つきで、たるんだ顎の皮膚をひっぱり始めた。べりべりと顔の皮膚がめくれていく。一皮むけると、そこに現れたのは、壱之助であった。後は、丁寧に水で濡らした手拭で顔をふき取れば終わりだ。

そう、この仕舞屋（しもたや）は、かつて竜の頭が使っていた隠れ家の一つであった。今は壱之助が変装用の小道具や着物を持ち込んでいる。

壱之助はいつも通りの姿形に戻ると、仕舞屋の離れに向かった。

「いいか？」

「ああ、壱か。いいぞ」

中からの返事を受けてから、壱之助は障子を開けた。部屋の中では宗信が絵筆を握り、大きな襖絵を仕上げているところであった。仕事に集中したくなるとき、宗信はよくこの隠れ家にこもるのだ。

今描いているのは虎。牙を剝き、咆哮している虎は今にも襲いかかってくるかのような生々しさを感じさせる。

「いつもながら、凄いな」

壱之助は感心した声を上げたが、宗信は別に喜ぶわけでもなく、絵に向かったまま、

「どうだった？」と呟くように問いかけてきた。

「第六天魔王の水晶玉は見つかったか？」

「ああ……」

と、壱之助は頷いた。

第六天魔王とは、織田信長が自ら好んで名乗った異名であった。仏教における三界すなわち無色界、色界、欲界のうち、欲界の最上である第六位（他化自在天）にあって、仏法を害し、人が善事をおこなうのを妨げる悪魔を指す。他人の楽しみを自由に奪い、自らの物とするともされる。

黒光りを放つ『髑髏水晶』は、まさに第六天魔王、人の善行を妨げる悪魔に思えた。人が持つ邪悪な心を増幅させる魔物――。

「婆さんに化けたお蘭がいた。あの女もあれが本物だと思ったはずだ」

お蘭は上手く婆さんに化けていたが、その目は『髑髏水晶』に引き寄せられ、強烈に欲していた。

「……そうか」

「そうそう、彦さんも来ていた」と、壱之助は、宗信に彦三郎が下手な変装をしていたことを話した。

「彦さんの変装か、見ものだな、そりゃ」

「ああ、なんとも彦さんらしい変装でな」

と、壱之助は応えた。変装はもちろん、心根も可笑しなぐらいに変わらなかった。

「悪いことは言わぬ。ここに払う金があるなら、医者の元へ行った方がよい」

必死な顔でそう言って、引き留めようとした姿が思い起こされ、壱之助の頬は自然と緩んだ。彼の馬鹿正直さが、壱之助には羨ましくもある。

「あと、妙な男も。……ああ、そうだ。宗信、知っていないか。紙屋長兵衛を」

紙屋というぐらいだから、紙問屋だろう。絵師ならば知っているのではないかと壱之助は尋ねた。

「ああ、紙長か……」

宗信は筆をおいて、壱之助を見た。

紙屋長兵衛というのは屋号らしい。縮めて紙長と呼ばれることが多いのだろう。

「さほど親しい付き合いがあるわけではない。西ノ内という紙があってな。主にそれを扱っている。破れにくくて字もにじみにくいから、提灯や大福帳に使ったりする紙だ」

「そうか。主人の長兵衛をどう思う？」

「どうと言われても……そうだな、苦労人だと聞いている。実直そうな男だ。コツコツと小金を貯めてはいるだろうが、盗みに入ってもさほどにはならんぞ。ん？　何か変か？」

「いや……実直な男か」

「ああ、如才ない男だともいえるが」

実直で如才ない……どちらも当てはまりそうにない。

宗信は絵描きらしく、どんなものでも本質を素早く見抜く。人を見る目も確かで、壱之助は一目置いている。彼がそう言うなら、自分の目の方がおかしいのか。

「本当にそうか」

疑うわけではないが、壱之助は思わずそう問い返してしまった。

「ああ。どうしてだ？」

「……私には、傲慢で自信過剰な男に思えた。身のこなしは武士だったし、どこかの武家の次男坊か三男坊が大店の娘の婿になって、あるじに納まった。そんな感じがした」

今度は宗信が怪訝な顔になった。

「おかしいな」

そう呟くと、宗信はさらさらと手近な紙に筆を走らせた。みるみる、面長で気の弱そうな男の顔が仕上がっていく。

壱之助は、「私にはこれだけを払う価値がある」と彦三郎に答えた男の顔を思い浮かべた。あの恰幅よく丸顔の男とはまるで異なる。

「これが、お前の知る紙屋長兵衛か」

「ああ。我ながら似ていると思うが……違うのか」

宗信の問いに壱之助は渋い顔で頷いた。

誰かがなりすましたということか——。

「そやつの狙いも水晶玉か？」

宗信は大丈夫かと問いたげだ。

確かなことは、あの男もまた『髑髏水晶』の魔力に魅了された者だということだ。いや、男の狙いは、『髑髏水晶』だけだろうか。奴もまた、五宝を狙っているのではないだろうか。

「……急ぐ必要がありそうだ」

壱之助はそう呟いた。

三

「今、何と」

髑髏明神こと粂三は耳を疑った。

百両包んできた紙屋長兵衛を特別に奥の祈禱の間に招き入れ、念入りに拝んでやったのは今日の昼前のことだ。

すると、長兵衛は夜になってまた現れた。これは良いカモになると、ほくそ笑んだのもつかの間、長兵衛はもう百両出すから、この髑髏の水晶を譲れと言い出したのである。

「だから、あと百両出そうと言っている。さきほどの分と合わせて二百両だ」

どうだといわんばかりの顔で、長兵衛は、粂三を見た。後ろに控えていた番頭がすかさず、金子を包んだ袱紗を差し出す。

「よいな」

粂三が返事をする前に、長兵衛は立ち上がると、ずかずかと神棚に歩み寄った。鎮座した髑髏の水晶が怪しく光る。

「寝ぼけたことを」

粂三は慌てて長兵衛と神棚の間に割って入ると、これ以上見せてやるものかとばかりに、さっと両袖を広げた。

「ならば、あと二百、いや五百だそう。それなら文句はなかろう」

文句がないどころか、大ありだ。この『髑髏水晶』でどれだけの金が稼げると思っているのだ。

「祈禱は終わりじゃ。ささ、お帰りを」

と、粂三は邪険に顎をしゃくった。

「譲る気はないというのか」

長兵衛の目がぎょろりと粂三を睨んできたので、粂三も負けじと睨み返した。紙屋ごときが何を偉そうにという気持ちもあった。

「我がご神体に値をつけようなど、畏れ多い話である」

粂三は少し顎を上げ、長兵衛に冷たい視線を投げかけた。偉そうな物言いをしてくる輩には、こちらも容赦はしない。

「よいか、仮に値を付けるとしたら、十万両いや百万両でも安いわ」

「何……」

長兵衛が絶句したのを見て、粂三は少し愉快な気分になった。

「わかったら、帰るがよいだろう。祈禱料さえ持ってくれば、いつでも拝ませてやる。それでよかろうが」

「ならば止むを得んな……鬼、やってよいぞ!」

長兵衛の声に応じて、「ううぉ」と獣のような唸り声がし、次いで「ぎゃー」と悲鳴が上がった。あれは可愛がっている甲助だ。

「な、何だっ!」

驚きの声を上げる粂三の前に、仔牛のような大きな男が現れた。その顔をぬらぬらと光らせているのが血であることに気づいて、粂三は絶句した。男は、まるで大好物を目にした獣のように歯を剝いて、にたりと笑った――。

猫が爪で引っ掻いたような月が夜空に浮かんでいた。

闇に紛れるように暗い鼠色の盗人装束に身を包んだ壱之助は、髑髏明神社の塀を軽々と乗り越えた。敷地の中は、昼間訪れたときにだいたい頭に入っている。

中はひっそりとして、人気が感じられない。神社や寺というものはだいたい夜が早いものだが、それにしても静かだ。

壱之助は音を立てずまっすぐに社殿へ向かって走った。その奥に目指す祈禱所がある。

だが、社殿についてすぐ、壱之助の足は止まった。異臭がする。これは血の匂いだ。

廊下を曲がった先に、あの美男の若い宮司が倒れているのが見えた。頭をざっくりと割られ辺り一面が血に染まっている。

祈禱所の入り口はうっすら開いている。注意深く用心しながら、壱之助は中へ入った。

髑髏明神を名乗っていたあの男もまた、血だまりの中で倒れている。

こちらも死んでいるのか……いや、ぴくぴくと細かく、指が動いた。

「しっかりしろ!」

思わず壱之助は抱き起こした。男の顔はべっとりとした血で染まっている。

男は何か言いたげに唇を動かし、目を開けた。力を振り絞り、その手を神棚へと伸ばそうとした。神棚の中央に置かれた三宝には何も載っていない。あの禍々しい光を放つ

『髑髏水晶』は奪われてしまったのだ。

「誰だ。誰にやられた」

「うっ……うっ」

「言え。言うのだ。誰にやられた」

男の口が動く。だが、声がよく聞き取れない。

「うっ……お、鬼、か、かみ……」

そこで男の力は尽きた。壱之助は髑髏明神と名乗っていた男の目をそっと閉じて冥福を祈った。こうなってしまっては、長居は無用だ。壱之助はすぐにその場を去った。

「兄ぃ、湯加減はどうですか？」

風呂の焚口から判二の声がした。

「ああ、ちょうどよい。すまんな」

屋敷に戻った壱之助はすぐさま判二に風呂の支度を頼んだ。血の匂いが身体にまとわりついていたからだ。温かい湯に浸かって一息ついてもなお、目を閉じると、死んでいった男の顔が浮かんでくる。

「やはりお蘭の仕業で？」

判二が問いかけてくる。

「うむ、どうかな。そうは思えぬのだが」

お蘭が箱根の宿で五宝のことを知り、手に入れようとしているのは確かだ。非道な女だが、あそこまで血を好む女ではない。

「じゃあ、ほかに兄ぃの邪魔をする奴がいるってことですかい？」

「そういうことになるな」

「じゃ、お蘭も先を越されて悔しがってるんでしょうね」

「だな」

髑髏明神の社殿で蕩（とろ）けるような目で『髑髏水晶』を観ていたお蘭のことだ。奪われたことを知ると、歯ぎしりして悔しがることだろう。

「兄ぃ、これからどうするんです？　まだ集めるんですか？　……いやぁ、兄ぃがやるってんなら、俺は従うだけのことだけど」

珍しく判二の声が不安げだ。

「どうした？」

「なんだか気味が悪いんですよ、俺。五宝に関わってから、お頭が亡くなったみたいにまた何か、悪いことが起きる気がして……」

「心配するな」

なだめるように言ってから、壱之助は湯を出た。

湯に浸かって身体はさっぱりしたが、気持ちは晴れなかった。

壱之助は自室にしつらえてある隠し戸棚の奥から、白木の小箱を取り出した。

蓋を開けると、中には鬱金（うこん）で染めた布包みが入っている。包みの中身は東慶寺から奪った『淀殿の涙』だ。五宝のうち、今、手元にあるのはこの紅玉の首飾りだけだ。

紅玉はわずかな光にもキラキラと美しく光り始めた。まるで生き物の目のような気がして、心が平静でいられなくなる。見つめ続けていると、目が離せなくなるのだ。

ドクドクドク……壱之助は自らの鼓動が速くなるのを感じた。この石を見る度に、蛇に魅入られた蛙のように、どんなに破滅に向かうのがわかっていても、その場から離れがたい。あらがうことを許されない、そんな底知れぬ恐怖を感じてしまう。

髑髏明神のところで見た『髑髏水晶』にもまた、壱之助の心をざわつかせるものがあった。深い闇の中に誘い込むような強い氣が……。

壱之助は『淀殿の涙』を元通りに隠し棚の奥へしまいながら、一度は手にした『翡翠観音』を思い浮かべた。

愛らしい子を抱いた『翡翠観音』は、見る者の穢れを全て取り除くような、優しい笑顔を湛えていた。誰もが持っている母への憧憬を掻き立てる、不思議な像であった。あれが、切支丹たちの信仰の支えである聖母マリアなのだと感心すらした。しかし……。

あの『翡翠観音』の異名は『血流し観音』であった。原城での切支丹一揆のさなか、夜ごと目から血を流したという。

切支丹の永遠の国を求めて戦った天草四郎は、愛しい者たちを守ろうとして守り切れず、なすすべもなく立ち尽くしたに違いない。多くの人の断末魔の苦しみと、彼の嘆きを浴び続けた『翡翠観音』には、『淀殿の涙』や『髑髏水晶』同様に、底知れぬ恨みが封じ込められていたのではないのか。清く見えるものほど、闇は深い。

「ふ～」

壱之助は目を閉じ大きく何度か息を吐き整えた。平静な心でいないと、壱之助自身が底知れぬ闇に引きずり込まれてしまいそうであった。

「うっ……お、鬼、か、かみ……」

この言葉の後に続けて、髑髏明神が言いたかったのは何だったのだろう。

鬼だから神か、いやそうではない。紙屋、紙屋長兵衛ではなかろうか。

壱之助の脳裏には、あの恰幅よく押し出しの強そうな男が、『髑髏水晶』を手に笑っている姿が思い浮かんでいた。

次の日、壱之助と宗信の姿は日本橋にあった。日本橋は東海道をはじめとする五街道の起点である。徳川家康が江戸へ入府してすぐの慶長八（一六〇三）年に造られ、諸国からの人々が行き交い、近辺には高札場や魚河岸、米河岸、材木河岸などもあり、江戸における商いの中心地でもあった。

朝早くから賑やかで一日中人通りが絶えない。通りから一本奥へ入ったところに、紙屋長兵衛の店がある。

角を曲がった途端、壱之助と宗信は足を止め、そっと物陰に身を潜めた。紙屋長兵衛と書かれた大看板の下を、蟹丸彦三郎が出てくるのが見えたからだ。今日の彦三郎は火附盗賊改らしい同心姿だ。

「いやすまん、世話になったたな」

彦三郎が振り返って奥に向かって声をかけると、面長で痩せぎすの男が顔を出した。

「いえいえ、お役に立てず申し訳ございません」

「いや、よいのだ。それよりもし、その男に心当たりがあったら、必ず連絡をくれ」

「はい、それはもうもちろん」

彦三郎に向かって深々と礼を返している男は、宗信の似顔絵どおりの男だ。腰は低く、如才ない。

「……ほら、あれが、あるじだ」

壱之助の耳元で、宗信が囁いた。

「さすがは火附盗賊改だな。素早い動きだ」

宗信が珍しく彦三郎を褒めた。

髑髏明神が殺され、黒水晶が奪われたことを受けて、信者へ聞き込みに来たのだろう。だが、収穫はなかったということだ。あるじに向かって、「じゃあな」と言ってから、彦三郎の顔は残念そうに吐息を漏らした。

「しかし、彦さんも驚いただろうな」

と、壱之助は呟いた。まるで違う男が紙屋長兵衛を名乗っていたのだから。

反対方向へ去っていった彦三郎の後ろ姿を見送ってから、壱之助と宗信は紙屋の店の前をゆっくりと歩いた。

かなり繁盛しているらしく、届いたばかりの荷物をさばくために、丁稚たちが慌ただしく店の表と中を行き来している。

「おい宗信」

壱之助は表の荷台に山積みとなっている和紙の束を眺めながら、前を行く宗信に声をかけた。

「たしか、ここが扱うのは、なんとかという特別な紙だと言っていたな」

「ああ。西ノ内、水戸の名産のな」

それがどうかしたか？　と宗信は振り返って、壱之助を見た。

「そうか、そうだったな」

壱之助の目は「水戸藩御用達（ごようたし）」と書かれた札に注がれていた。

第四章　竜虎の眼

一

しとしとと雨が降る中、有瀬壱之助は一人、上野不忍池近くの聚蛍寺(じゅけいじ)を訪ねていた。哲善和尚に確かめたいことがあったからだ。

参道の玉砂利が雨を弾く音が耳に心地よく、雨に洗われた境内の木々は瑞々しい青で彩られている。竜の頭こと川久保喜左衛門が眠るこの場所は、壱之助にとって、心やすらぐ場所であった。

「おお、よう来たな」

出迎えた哲善は喜び、「ちょうどお前に迎えをやろうと思っていたところであった」と言った。

「私に？」

「ああ、ともかく中へ」

そう言うと、哲善は、奥の間に壱之助を通し、少し待つように言った。

雨音が小さくなった。雨の滴を受けて庭の苔は青々と息を吹き返しているようだ。

壱之助は、庭を眺めながら、竜の頭の納骨の後で、哲善和尚から頭とは兄弟であったことを打ち明けられたときのことを思い起こしていた。あのとき、竜の頭に代わって、五宝を集めると心に決めた。だが、手元にあるのは『淀殿の涙』一つである。

「見せたいものはこれじゃ」

哲善は掛け軸を手に戻ってきた。

「兄者から預かっていたものを整理していて、こんなものを見つけたのだ」

そう言いながら、哲善は掛け軸を広げ始めた。

大きな入江の中に、大小いくつかの島、そして木々、船などが表現されている。空には真昼の月、風景をそのまま写したのか、奇抜さや目を惹く力強さはないが、丁寧に描き込まれ、筆づかいは素人とは思えない。絵の左上には、「雨奇晴好」の文字、そして、その下に「獅山」とあるのは作者の号であろうか。

「松島の絵図ではないかと思うのだ。五宝の一つが、伊達家菩提寺にあるのでは？　という話であったろう。ここにほれ、瑞巌寺とある」

よく見ると、確かに、号の少し上に、寺らしき屋根と小さな文字で瑞巌寺とあった。

「雨奇晴好とは」

「ああ、宋の蘇軾の詩に、水光瀲灎として晴れてまさに好し、山色空濛として雨もまた奇なりとあってな。平たく言えば、晴でも雨でも良い景色ということだ」

「なるほど」

「何か、役に立ちそうか」

「さぁ。これはお預かりしてもよいでしょうか」

宗信ならもう少し詳しいことがわかるはずだ。彼は絵師として、幾度か奥州へも立ち寄っている。

「構わぬとも」と、哲善は快諾してから、「すまん。こちらの用事ばかり言ってしまった。お前も何かあったのではないのか？」と問いかけてきた。

「はい。お尋ねしたいことがありまして……」

「何であろう」

何なりと尋ねろと、哲善は柔らかな笑みを浮かべている。

「実は先日、五宝の一つ、黒水晶をみつけはしたのですが……」

壱之助は髑髏明神と名乗っていた男が髑髏型の黒水晶を御神体としてあがめていたこ

と、そしてそれが盗まれ、髑髏明神も殺されてしまったことを話した。

「あと一刻早く出向いていればと悔やまれます」

「死に目には立ち会ったということは、何か言い残したことを聞いたのか？　下手人の手がかりになるような」

「そのことでお尋ねしたいのです」

と、壱之助は返した。

「和尚は、紙屋長兵衛をご存じですか？　水戸藩御用達と伺いました」

「ああ、知っているとも。水戸には名産がいくつかあるが、中でも西ノ内はよい紙でな。藩の財政を潤していると聞いている。紙屋長兵衛は、その紙問屋の中でも特に藩のおぼえがめでたいはずだ」

「紙屋は竜のお頭のような裏の顔を持っているのでしょうか」

「まさか」

哲善は思いもよらないことを聞いたと笑いとばした。

「そのような器用な男ではない。どうしてそう思うのだ？　まさか紙屋が下手人だと」

「はい。黒水晶を奪い、髑髏明神を殺した者が紙屋長兵衛ではないかと疑っているのです。いえ、正確には彼の名を騙(かた)っていた男ではないかと」

「紙屋長兵衛を騙った男がいたというのか」

「ええ。何の関わりもなく、名を騙ったとは思えず……。それにあれはどうみても武家の出」

壱之助は社殿で出会った紙屋長兵衛のことを話した。

哲善の顔から笑みが消えた。「武家の出」と聞いて、すっと、壱之助から視線を外したのが気になる。

「何か、御心あたりがありますか?」

「いや」

即座にないと答えた哲善であったが、その声が壱之助には妙に乾いて聞こえた。

何か隠している――。

「さようですか」

「ああ」

哲善はいつものようなおっとりとした笑みを浮かべた。何か隠しているとしても、今は訊いても無駄のようだ。

「ではこれにて」

一押しするのを諦めて、壱之助は預かった掛け軸を手に立ち上がった。

「そうか」

心なしか、哲善が少しほっとしたような声を出したように思えた。

「じき、蛍も飛び始める。千与さんにも一度遊びに来るように伝えてくれ」

その名の通り、聚蛍寺の庭には湧き水があり、そこに蛍が生息しているのだ。

「はい。伝えます」

そう頷くと、壱之助は寺を辞した。


その頃、江戸城中では、水戸藩当主徳川斉昭が、仙台藩十二代目当主伊達斉邦と対面していた。斉邦は弱冠二十歳の若殿様で、三十七歳の斉昭からすればまだまだ子供だ。

「伊達どのとは、一度ゆっくりと話をしたいと思っていたのだ」

御三家水戸の当主から呼ばれて、少々緊張した面持ちの斉邦を和ませるように、斉昭は茶菓子を勧めながら、こう切り出した。

「お会いしてすぐにあれだが、伊達どのとは仲良くなれそうな気がしてな。我らは似たところが多ござろう？」

「それは有難き仰せ。しかし、似たところとは」

斉邦は怪訝な顔で斉昭を見た。

「まずは、共に上様より、『斉』の字を賜っているところ。それと……」

と、斉昭は少し身を斉邦へと近づけ、声を落とした。

「私が家を継ぐ折には、上様の御子が水戸を継ぐという話がござってな」

十一代将軍徳川家斉は艶福家、子だくさんで知られた将軍である。その数は確認されているだけで、男女合わせて五十三人（男子は二十六人、女子二十七人）もいた。後を継ぐ家慶以外の男子はみな、各徳川家や諸大名家へ養子に出され、女子も嫁がされた。

当時、跡継ぎに恵まれていない大名家はお取り潰しの憂き目に遭うことがあった。かといって、将軍家からの養子が来るとなれば、それは結局、藩としての自立が失われることにもなりかねない危機を示した。水戸のような御三家であっても、あまり喜ばしいことではなく、それを避けるために、斉昭を藩主に推す一派が、将軍家からの養子を推す附け家老一派と対立を起こした経緯があったのだ。

ましてや、外様の雄（ゆう）である伊達家にとって、徳川家からの押し付け養子など、貰って嬉しいものではなかった。だが、先代の当主が没したとき、実子の穣三郎（じょうざぶろう）君はあまりにも幼く、幕府からは将軍家から養子をという意向が示された。それを阻止するために一門の中から選ばれたのが斉邦であった。斉邦は先代の娘綵姫（まさひめ）と縁組することを条件に家督を継いだ婿養子。このとき斉邦は十二歳、綵姫はわずか五歳であった。

「……さようでございましたか」

斉邦は言葉少なめに頷いた。

「それに、私は政宗公のことが好きでなぁ。気骨のある、豪快にして卓越した御方だと感服しておる。あの時代に遠いエスパニアへ人を遣わすとは先見の明があったと思わずにはいられぬ」

慶長十八（一六一三）年、伊達政宗は家臣の支倉常長らをエスパニア（スペイン）、ローマへと使わせた。いわゆる慶長遣欧使節団である。

「は、しかしそれは……」

水戸の攘夷思想は有名だ。斉邦の目に戸惑いの色が濃くなった。

「いやいや、異国が攻め込んでくるのは許せぬが、異国のものでもよいものは取り入れるべきだというのが私の考えだ。現に私は牛の乳を好む。牛の肉もな」

と、斉昭は鷹揚に笑ってみせた。

「さようですか」

「敵を知らねば敵に打ち勝つこともできぬ。それに、政宗公は帝を敬うお心があるのが素晴らしい。ご存じかと思うが、我が水戸は尊王が藩是じゃ。政宗公がお造りになった仙台のお城には帝をお招きするための部屋があると聞く。それはまことであろうか」

「はい。いずれ行幸いただくのが政宗公の夢であったようでございます」

斉邦の顔が少し和んだ。緊張は解いていないが、故郷や先祖を褒められてうれしい思いもするのだろう。

「私の方こそ、水戸さまには学ぶべきところが多いと存じます」

「おお、そうか。どうじゃ、一度、我が屋敷で一献酌み交わしながら、話すというのは。伊達どのは、牛は食されるか。牛の乳は旨いぞ」

「いえ、肉はともかく乳まではそのぉ」

「食わず嫌いは損をする。精をつけてこれから何人でも御子を作らねばであろう」

ハハハと斉昭は声を立てて笑った。

「まぁ、水戸さまがそのようなことを？」

「うむ。もっと怖い御方かと思っていたが、何やら楽し気な御方であった」

屋敷に戻った斉邦は、近頃気に入っている愛妾に向かって、斉昭から目をかけられたと話していた。

斉邦は綵姫と婚姻の約束は交わしたが、婚礼は来年、姫が十四歳になるのを待って挙げることになっていた。十二代め藩主となった斉邦だが、十三代めは先代の実子である穣三郎君が継ぐことが決まっている。いわば中継ぎのような役目を負わされた殿様であった。

世継ぎは決まっているので急いで子を作る必要はない。だが、若い身体を持て余している斉邦を案じて、家臣たちは愛妾を持つことを勧めた。斉邦には婿養子として綵姫へ多少の気兼ねがあったが、家臣たちから「正式な側室にする必要はない。ただ、侍女として侍らせるだけでもよい」と言われると気が楽になった。

「初めての女は年上の方がよいと申します」

したり顔で勧めてきた老臣の顔を思い出すとおかしく思えるが、今では感謝している。閨の中で、これほど女が大胆なものだということを斉邦は初めて知ったし、確かに年上の女はまるで姉のようで、気を許し甘えることもできる。

「水戸さまは今、四人の側室をお持ちだそうな。この先まだまだ増やしたいと仰せであった」

「まぁ、殿様、もしや、真似ようなどとお思いではありますまいな」

「駄目か？」

「憎らしいこと」

女がすねたような顔をする。そういうところも可愛くてならない。斉邦はたまらなくなって、女を抱き寄せ、その豊満な胸に顔を埋めた。

「フフフ、こそばゆうございます。フフフ……」

斉邦を手なずけている女の左目のふちには小さなホクロ——そう、斉邦の愛妾として伊達家に入り込んだのは、花嵐のお蘭であった。

「それにしても、水戸さまはなぜそのように殿を気にかけてくださっているのでしょう」

「さあな。ああ見えて、異国のことがお好きらしい。政宗公がエスパニアから持ち帰らせた宝物（ほうもつ）にえらく興味をお持ちであった」

「エスパニアの宝物とは、どのようなものがあるのですか？　さぞや珍しいものでございましょうね」

「うむ。刺繍で飾られた衣装やギヤマン細工の短剣など見事なものだ。あちらには変わった貴石も多いようでな」

「では虎目石もございますか？　政宗公は虎目石がお好きであったと、聞いたことがあるのですが」

お蘭は探るように斉邦を見た。

「虎目石……ああ、『竜虎の目』のことか」

「あるのですね」

お蘭の目が狙いを定めた猫のようにキラリと光った。

「うむ。政宗公が我が目と呼ばれた石のことだ。だが、藩主であろうと見てはならぬと言われている。むろん私もまだ見たことがない」

「どうして見てはならぬのですか？」

「さあな。とにかくそういう話なのだ。見てみたいか」

「ええ、是非。殿様にできぬことなどありますまい。伊達家で一番お偉いのは殿様です。ご覧になりたければそうなさればよろしいのです。誰に遠慮が要りましょうか」

お蘭は巧くに若い斉邦の自尊心をくすぐった。

「だな」

「ええ、そして国表に御戻りの際には、このお蘭をお連れくださいましね」

「うむ……いや、さて、どうしたものかな？」

「まぁ、また意地悪なことを」

と、お蘭はしおらしく、両手を合わせて上目遣いに斉邦を拝んだ。

「お蘭は殿のお側を一刻たりとも離れたくないだけなのに」

「お前はほんに可愛いな。よし、共に参ろう、約束じゃ」

手の上で踊らされているとも知らず、斉邦はお蘭に夢中であった。

二

宵闇が深まるにつれて、聚蛍寺の庭のあちこちで、淡い光が飛び交い始めた。

その日、有瀬壱之助は、千与と判二を伴って、聚蛍寺を訪れていた。

「千与を連れて蛍狩りに」という哲善からの誘いに応じたのである。成虫となった蛍が光を発しながら飛ぶさまは幻想的で美しいものだが、俗に「蛍二十日に蟬三日」と言われるほど、その姿を楽しめる期間は短い。それゆえに、哲善からの誘いを聞いた千与は大喜びであった。

「ほら、あちらにも」

無邪気に蛍を追う千与を壱之助は判二と共に見守っていた。

「お千与さん、ほら、そこ」

と、判二が千与の着物の袂を指さした。中に、一匹迷い込んだようで、薄い衣を透かして、淡い光が漏れている。

「まぁ！」

千与は嬉しそうな声をあげると、袂から小さな光が飛び立った。

「いにしえの昔から、蛍は死者の魂だと言われているのだよ」

と、哲善が千与に話しかけた。

「それなら、あれはじじさまだったのかもしれませんね」

「おお、そうかもしれんな」

哲善は柔らかな目で千与を見ている。

少し風が出てきた。心地良い風だが、壱之助は小さく咳をして、庭の東屋に目をやった。ただ屋根と腰掛けがあるだけの質素な佇まいだが、そこからは表庭が全て見通せる。壱之助は目を転じ、哲善を窺い見た。あそこで話がしたいという合図のつもりであった。哲善も軽く頷いた。すると、千与がそれを察したかのように、「和尚さま、裏のお池を見てきてもいいですか」と問うてきた。

「じゃ、あっしも」

と、判二がすかさず、千与の供を買って出る。

「ああ、池に落ちないように気をつけるんだぞ」

と、壱之助は答えた。

千与はすまし顔でそう言うと、さっさと一人で、裏へ回っていく。

「待ってくださいよ、お千与さん」

と、判二が慌てて追いかけていった。

「ほう確かに、もう子供じゃないようだな」

と、哲善が感心したような声を上げた。

「ええ。勘の良い娘だと思います」

と、壱之助は答えた。

「あの娘に、裏の姿を悟られないようにするのは大変そうだな」

「ええ。それもあって、和尚に一つお頼みが」

と、壱之助は身を少し正し、懐から白木の小箱を取り出した。

「しばらく屋敷を留守にします。ついてはこれを預かっていただきたいのです」

「これは？」

返事の代わりに、壱之助は箱の蓋を開け、鬱金染めの布包みをそっと開いた。蛍のわずかな光に誘われるように、深紅の首飾りがキラリと光った。

「五宝の一つ、『淀殿の涙』でございます」

「これがそうか。わかった。責任重大だな」

と、哲善は緊張した面持ちで小箱を預かった。

「……ところで、あの絵のことは何かわかったか」

「はい。宗信によると、あの絵は松島で間違いない。それと……作者の獅山は五代藩主の吉村公ではないかと」

吉村は元禄十六（一七〇三）年に家督を継ぎ、藩の窮迫していた財政を立て直し、その治世は四十年にも及んだ。伊達家「中興の英主」と呼ばれるほどの名君である。一方で和歌や書画を能くした。その際、用いていたのが、獅山という号だったのである。

「なるほど……兄者はあの絵の中に宝のありかが描かれていると考えたわけか」

「はい。間違いなく」と、壱之助は頷いた。

「ですから、あの場所へ確かめに行かねばと。宗信も同行したいと言いますし、判二も連れて行こうかと」

「とすれば、あの屋敷に千与さん一人か」

「そのこともお願いが、勘助夫婦に頼んでもよいのですが……千与さんもこちらで預かっていていただけませんか」

「わかった。そうしよう」

　と、哲善は頷いた。

「儂の方でも気になる話を耳にした。うちの檀家に伊達家お出入りの呉服屋があるのだが、その者が言うには、ご当主さまにお蘭という名の愛妾ができたというのだ。次の御国帰りにもご同道とのこと。まさかとは思うのだが……」

　疑うまでもなくお蘭だと壱之助は思った。あの女なら、年若い藩主を垂らし込むなどお手のものに違いない。

「伊達さまの御国帰りの日取りはわかりますか？」

「たしか、来月早々にもご出立ではなかったかな」

「では急がねば」

　と、壱之助は応じた。なるだけ先に仙台に着く必要がある。

「ただ、紙屋を名乗った男の正体も気にはなっているのですが……」

　と、壱之助は探るように哲善を見た。

「ああ、そのことか」

　哲善は、ふっと庭に目をやった。夜空の星が舞い降りたように、黄色く小さな蛍の光が、静かに瞬いている。

「もしお前が会った男が、私が思っている人であれば、宝を取り返す必要はないと思う」

「和尚はあの男が水戸さまの手の者だと？」

「おそらくな。じゃが、一つだけ解せぬことがある」

「解せぬこととは？」

だが、壱之助の問いに哲善は答えなかった。

「お前が仙台から戻れば、水戸さまへつなぎをつけよう。さすればわかることだ」

しばらくして、判二と共に戻ってきた千与に、壱之助は所用があって旅に出ることになったと告げた。

「昔世話になった方からの誘いでな。どうしても出かけねばならん」

「お三方ともですか？」

「そうだ」

「私もご一緒してはいけないのでしょうか？」

千与はせつなげな顔でそう願い出たが、壱之助はすぐに首を振った。

「そうしたいところだが、すまぬが、千与さんはしばらく間、ここで和尚のお世話をしてくれないか」

「え？」

「和尚は今、女手が欲しいらしい。ですよね、和尚」

壱之助は哲善に目配せした。

「あ、ああ。そうなんじゃ。すまんな、千与さん。来てくれると助かる」

と話を合わせた。千与は即答せず、暗い表情のままだ。

「お千与さん、どうかしたかい？　手伝いは嫌かい？」

と、判二が心配そうに千与を見た。

「いえ、そんな。お手伝いが嫌なのではありません」

と、千与は慌てて頭を振った。

「少し心配になっただけです」

「心配って？」

と、判二が尋ねた。

「必ずお戻りなんですよね」

千与は箱根の宿で急死した竜の頭のことを思い描いたのだと、壱之助にはわかった。

「ああ、無論だ。必ず戻るよ」

心配しなくてよいと、壱之助は微笑んでみせた。

「わかりました。お気を付けて」

ようやく千与は頷いた。

「千与さん、裏の池の蛍も見事であったろう？」

哲善が問いかけた。

「ええ、とても綺麗で、あんな蛍、見たことありません」

千与はそう答えたが、すぐにまた少し寂しげな顔になった。

「でも、どうして蛍は光るんでしょうね。光らなければ、もっと長生きできるような、そんな気がしますけど」

「それは蟬に鳴くなと言っているのと同じだろう」

と、壱之助は応じた。

「そうでしょうか」

「たとえわずかな命でも蟬は鳴いてこの世を謳歌する。蛍も同じ、この世に未練を残さぬように光る。私にはそう見えるんだが」

「未練を残さぬようにですか」

「ああ。人も同じだ。何も長く生きるのばかりが正しいとは限らない。太く短くとも己の道を全うするのが本懐ということもある」

壱之助がそう言うと、千与は小さく吐息を漏らした。

千与の目が潤んでいるのに気付いて、壱之助は驚いた。

「おい、大丈夫か」

「何でもありませんっ」

言うなり、千与は踵を返した。そうして、一人さっさと、本堂の方へと走っていってしまったのだった。

「……おかしな奴だな」

そう呟いた壱之助を見て、哲善が苦笑いをした。

「あの娘はお前さんが思っているよりも、もっと大人なのかもしれんな」

「どういう意味ですか」

訳がわからず、壱之助は問いかけた。

「儂はあの娘に恨まれたであろうなぁと思ってな」

「どうしてですか。ここにいてくれた方が、私はよほど安心です」

「壱之助には死んで欲しくない――あの顔にはそう書いてあったろう」

哲善は、少し茶目っ気のある顔で、壱之助を見た。

「ええ。ですから、心配はないと言いました」

哲善はふーっと大きく息を吐いた。

「和尚、兄ぃはこういうことはからっきし駄目なんですって」

と、判二が笑った。

「何がだ？　何が駄目だというんだ」

「だって、いつもの兄ぃなら知らないことなんてないくせに、こういうことになると、本当疎いんだか、わざと、とぼけてんのか、とにかく……ああん、もうぉ」

と、判二は急に都々逸を一つ唸り始めた。

「恋にぃ〜焦がれてぇ〜鳴く蟬よりも、鳴かぬ蛍が身を焦がすぅって奴ですよ」

哲善が「ほぉ」と声を上げた。

「さすがだな。幇間をしていただけのことはある」

褒められて判二はへへっと頭を掻いたが、壱之助はやれやれと首を振った。

「妙なことを」

「妙ですかね」

「ああ、妙だ。おかしなことを言うな。千与は私のことを兄のように思っているだけだ。私だって、千与を妹だと思って大切にしている。お前と一緒だ。それだけのことだ」

「あちゃ、言いきっちゃって。知りませんよ、お千与さんがまた泣いても」

「知るか。というか、なぜ千与が泣くことになるんだ。わからん」

「わ、ひでぇ」

「ひどいだと。俺のどこがひどい」

「だからもぉ、兄ぃの言い分はわかりました。もういいですって」

「なんだ、その言い方は」

兄弟げんかのような口争いを始めた二人を見て、哲善は、苦笑いを浮かべていたが、やがてぽつりと自戒するように呟いた。

「人というのは自分の思いたいようにしか、他人ことを見ていないということかもしれぬな」

哲善の後ろで、また一つ、蛍がぼーっと光を放った。

三

翌朝早く、壱之助たちは江戸を発った。

通常、江戸から仙台までは奥州道中を行く。起点は東海道と同じく日本橋。そこから千住宿、草加宿、越谷宿と、武蔵国（東京から埼玉）、下総国（茨城）を経て、十七番目下野国（栃木）の宇都宮宿まで日光街道と同じ道をたどる。そこから先はさらに北東へ、磐城国・岩代国（福島）と進み、七十番目の宿が陸前国（宮城）の仙台宿であった。その距離はおよそ九十二里三十町（三百六十五キロ）。参勤交代では八日から十日ほどかかる。身軽な壱之助たちがどんなに急いでも六日はかかる道のりだ。

松島へ行くには、仙台からはさらに石巻街道を辿らねばならない。

「はぁ、やっと着きましたね」

松島湾を一望できる高台で、判二がほっとしたような声を出した。

真っ青な空の下、碧い海に大小さまざまな島が浮かんでいる様は生まれ育った芸州（広島）で見ていた瀬戸内を思い起こさせる。陽の光に輝く海と潮の香りが心地よい。

壱之助は大きく息を吸いこんだ。

「いい眺めだな」

「ああ、幾度訪れても心洗われる思いがする」

と、宗信は満足気に頷いた。

壱之助は哲善から預かっている絵図を広げてみた。やはり松島の絵で間違いないようだ。島の形など、寸分たがわない。

「このどこにお宝があるんですかね。やはり瑞巌寺ですかい？」

と、判二が絵図を覗き込んだ。

判二の問いに、壱之助は「たぶんな」と、小さく頷いた。

壱之助たちは、松島湾を望む旅籠で草鞋を脱いだ。さほど大きな旅籠ではないが、建具はなかなか凝っている。旅好きな俳人が好みそうな宿だ。木賃宿や飯盛女がいるような宿では落ち着かないと言って、宗信が決めた宿であった。壱之助は宿帳に江戸の版元だと記した。宗信は絵師、判二はその弟子、奥州の名所を絵にして売るために巡っているという触れ込みである。

「失礼いたします。こちらは江戸の版元ご一行だと伺いまして……」

旅籠の主人、又蔵は、話好きの愛想のよい男であった。

「実は、私、絵には目がないほうでございまして。ちょっと見ていただきたいものが」

と、又蔵は持参した掛け軸を広げた。龍が雲の合間を飛ぶさまを描いた水墨画であった。円の中に配された龍は大きな目をギョロリと開け、長い爪を広げている。

「ほうぉ、これは……狩野探幽ですか。素晴らしい」

と、壱之助が褒めると、又蔵は蕩けんばかりの顔になった。

「ええ、やはりおわかりで。ほらご覧を。どこから見ても龍と目が合うのでございます」

「おお、これはいい。これほどの名品をお持ちとは羨ましい。なぁ」

と、壱之助は宗信を見た。

「ああ、良いものを見せてもらった。私も精進せねば」

と、宗信が応じると、又蔵はますます嬉しそうな顔になった。

「ところで、お客さまは瑞巌寺にはお寄りになったので」

「いや、これからだ。一息ついたら行こうかと」

「ではご一緒に。あそこには素晴らしい襖絵がございます。私の末弟が寺におるのでございますよ。中を案内させましょうか」

「ああ、助かるが、よろしいのか」

「ええ、ええ。ではすぐに出かける用意をしてまいります」

と、又蔵はそそくさと部屋を出て行った。見送った判二が壱之助ににじり寄った。

「さっきのは、有名な絵なんですか？」

「うむ。本物は京の都の妙心寺(みょうしんじ)にある」

と、壱之助は答えてから、宗信を見やった。

「ああ、天井画だから模写をするのは首が疲れてな。少々筆が荒かったかもしれんな」

「却ってよかったかもしれんぞ」

「え、そいじゃ、あれは。……だから、宗信さん、ここに泊まろうって言ったんですか」

判二は人が悪いなぁと言わんばかりだが、宗信は嬉しそうであった。

「絵とはな、書き手が誰であろうと、持ち主が気に入っていればそれが一番なのさ」

瑞巌寺——正式には松島青龍山瑞巌円福禅寺。九世紀初頭に、比叡山延暦寺第三代座主・慈覚大師円仁により開創された天台宗延福寺がその前身と伝わる。鎌倉時代には臨済宗に改宗、寺名を円福寺と改め、『奥州の高野』と称される霊場松島に建立された名刹として、隆盛を極めた。だが、戦国時代には衰退していたという。

それを復興したのが、伊達政宗であった。平安時代から浄土の地とみなされていた紀州熊野から用材を求め、畿内から名工百三十余名を招き寄せた。仙台城の築城同様に、かなりの力を注いだのである。伊達家菩提寺として手厚い庇護を受けた瑞巌寺は今や領内随一の規模と格式を誇っている。

寺の格式は参道に比例するとよく言われるが、松島湾からまっすぐに延びる参道は、長く立派なもので、両側には、巨大な杉木立が整然と並び、訪れる者を圧倒している。数百年の命を誇る巨木の存在そのものが、厳粛な氣を発しているのだ。

「こちらはわざわざ江戸からお越しでな。失礼のないように頼む」

と、又蔵は壱之助たちを自分の末弟だという僧に紹介した。

「はい。後はお任せを」

照雲と名乗った僧は二つ返事で壱之助たちの案内を引き受けた。

「今年は政宗公がお亡くなりになってからちょうど二百年となります。御参りいただきありがとう存じます。ささ、どうぞ」

兄に頼まれて旅人を案内することはよくあることらしい。照雲は話し慣れた様子で壱之助たちをいざなった。

本堂の前庭には見事に枝を張った二本の梅の木があった。

「これは臥龍梅といって、伊達政宗公が文禄の役のとき、朝鮮より持ち帰ったものでございます。ほら、龍が臥せているように見えますでしょう。こちらが赤、あちらが白、どちらも八重の美しい花を咲かせるのでございます。では中へ参りましょう」

案内に従って、壱之助たちは本堂に入った。入母屋造りの本堂は南東に面して、正面約二十一間（三十九メートル）、奥行き約十四間（二十五・二メートル）、孔雀の間をはじめとして、文王の間、鷹の間、松の間、菊の間、羅漢の間と、観る部屋観る部屋、全てが金箔を豊富に使い、繊細かつ大胆な筆致で描かれた絢爛豪華な襖絵で飾られていた。

途中の廊下の唐戸や欄間にも、牡丹や菊、金鶏などの意匠が細かに彫刻され、鮮やかな彩色を施されたもので、釘隠し一つとっても、贅を尽くした見事な細工であった。

照雲はこれらを一つ一つ、丁寧に説明してくれる。壱之助たちはどこに伊達政宗が愛したという虎目石があるのか、探りを入れつつ、中を見て回った。

「後は御仏間と、藩主さまがお出ましの際に使う上段の間、上々段の間となりますので、申し訳ありませんが」

照雲は、これ以上はお見せできないと断った。

「見せてもらえないんですか」

と、判二が残念そうな声を上げた。

「はい。申し訳ございませんが……」

「無理を言ってはいけないよ」

と、壱之助は判二を抑えた。壱之助にしても観たいのは山々だが、ここで無理強いをして、怪しまれるわけにはいかない。

「上段の間にはどのような絵が？」

と、宗信が照雲に問いかけた。

「はい。長谷川等胤が描いた四季の花々でございます。それはそれは美しく……政宗公が夢見た王道楽土とはあのようなことかと拙僧などは思うのでございますよ。上々段の間には迦陵頻伽の絵もございますし……あぁ、すみません。お見せできませんのに」

迦陵頻伽とは極楽にいるという鳥のことだ。顔は人間で、美しい声で鳴くとされる。

「上々段の間とはどのようなお部屋ですか」

と、今度は壱之助が問いかけた。

「はい。天子さまがお出ましの際にお使いいただくお部屋でございます。政宗公たってのご希望でお造りしたお部屋でございます」

「天子さまのお出ましですか」

「ええ、都から遥かかなたのこの地にとお思いでしょうが、政宗公はいつの日か必ずお迎えするのだと願っていたようでございます」

「ほう、さようですか」

政宗公も帝へ強い思いを抱いていたことを壱之助は初めて知った。

見せられないことを心苦しく思ったのか、照雲は、あと一つ特別に見せたいものがあると、壱之助たちを別の建物へいざなった。

「ここには政宗公がエスパニアから持ち帰らせた品々を納めておりましてね」

もしやその中に虎目石もあるのではと、壱之助たちは顔を見合わせたが、照雲が見せてくれたのは、伊達政宗公を再現したという甲冑像であった。

「御正室の陽徳院さまが、政宗公十七回忌にお造りになったもの。政宗公二十七歳、文禄の役の際の御雄姿でございます」

甲冑像の政宗は、鋭く光る三日月を象った兜をかぶり、床几に座っていた。右手には軍配を持ち、左腕は横に張り、手を腰に差した刀に添えている。ぐっと唇を嚙み締めた顔は厳しくも高い理想を掲げた若き政宗公の姿を活写しているといえよう。特筆すべきは、両目が備わり、独眼竜ではないことであった。

「目はご遺言により、このように両目を揃えてございます」

人形だとわかっているのに、壱之助は政宗公からじかに睨まれているような気がしていた。判二や宗信も同じ思いのようで、ごくりと、唾を飲み込んだ。

――何をしにきた。お前に儂の目指したものがわかるのか。

二百年の時を超え、政宗公の声がしたように思えた。全てを見透かされているようだ。

「……まるで生きていらっしゃるようですね」

「ええ、ご覧になると皆さま、そうおっしゃいます」

照雲は満足気に応じると、像に向かって、静かに手を合わせた。

旅籠に戻った壱之助たちは松島絵図を前に頭を突き合わせていた。

「何か違う気がする……」

そう、壱之助が言い出したからである。

「ここまで来たのに、何が違うって言うんですか？」

と、判二が不服そうに言った。宗信も怪訝な顔で壱之助を見た。

「瑞巌寺にはないというのか」

「ああ。根拠はない。ただ、勘にすぎないが……何か見落としている気がする」

壱之助は絵図を眺めながら、ふーっとため息をついた。

「兄ぃがそう言うなら、そうかもしれないけど、あそこにないとしたら、どこにあるんでしょうねぇ」

判二は絵図を手に取り、しげしげと眺めて首を捻った。

「どれ、貸してみろ」

と、宗信は判二から絵図を取り上げた。

「何か出てきそうですかい」

「いや……炙り出しかもしれんと思うてな」

「なるほど」

判二は手を打つと行灯から蠟燭を取り出し、宗信と共にその火で絵図を炙り始めた。

だが、絵には何の変化もない。

「違うか」

「ですね」

と、判二と宗信が顔を見合わせた、そのときであった。

「よろしゅうございますか」と、廊下から声がかかった。主人の又蔵だ。壱之助は判二に絵図もしまわせると、「どうぞ」と応じた。

「お休みのところ、失礼いたします。今宵はとても素晴らしい月が上がっておりますので、是非ご覧をと」

そう言いながら、又蔵は女中に酒徳利と盃を人数分運ばせた。月見酒でもどうぞというつもりらしい。

「わぁ、こいつは気が利いてますねぇ」

と、判二が嬉しそうな声を上げた。壱之助と宗信も主人の好意に甘えることにした。

又蔵は外に面した障子を開けた。月灯りに照らされて、松島の島々が美しい陰影を見せている。

「確かに、良い景色ですね」

「はい。これだけはうちの自慢で。観瀾亭から観る景色にも負けてはおらぬのではと」

「観瀾亭とは？」

と、宗信が問いかけた。

「はい。海に面して建てられたお月見の御殿でございます。元は政宗公が太閤さまから譲り受けた茶室を運んだものだと伺っております。観瀾亭とは五代の吉村公がお名付けになったもので、あそこからの眺めはまさに雨奇晴好」

「今、なんと」

外を見ていた壱之助が、又蔵に向き直った。「雨奇晴好」は松島の絵図に記されていた文言だ。

「あ、はい？　雨奇晴好でございますか？　観瀾亭に吉村公がお書きになった書がございます。晴れても雨が降っても見事な景色という意味がございまして」

「吉村公とは五代の獅山公のことか。名君だったと聞く」

と、宗信が口を挟むと、又蔵は嬉しそうに応じた。

「はい、そうでございます。よくご存じで」

「その観瀾亭には私らでも入れるんですかい」

と、判二が問いかけた。

「いえ、私は前に一度、お茶会でお邪魔したことがございますが。今は無理でございましょうなぁ」

「それは残念だな」

と、宗信が答えた。壱之助は再び外に目をやり、湾の方を指さした。

「御主人、あちらに見えるのは？」

「ああ、五大堂でございます。それはもう歴史のあるもので、今のお堂は政宗公がお建て直しをなさったものですが、元は瑞巌寺をご開基なさった慈覚大師さまが五つの明王さまをお納めになったので五大堂と呼びます」

「五大堂……五つの明王」

壱之助の呟きに宗信と判二もはっとなった。五つの明王は五つの宝に通じる。

「ご主人、その明王さまを拝むことができますか」

壱之助の問いに又蔵は残念そうに首を振った。

「いえ、秘仏でございまして。吉村公が御開帳なさった後は、三十三年に一度しか見てはならぬということになりました。私が見たのも、かれこれ十五年以上前になりましょうか」

「さようですか……」

「それは残念だな」

「見たかったですよね」

と、宗信と判二がため息をついてみせた。

「はぁ。御開帳の折にでもまたおいでください。ではごゆっくりと」

一礼して又蔵が出ていくと、壱之助は再度、松島の絵図を開いた。

「壱之助、もしや」

宗信の問いに、壱之助は頷きながら、絵図を指さした。

「ずっと気になっていたのだ。なぜ真昼の月を描いたのか……」

絵図の中には、空に上った満月が描かれている。じっと見つめていた壱之助は、盃を手に取った。

「雨奇晴好……晴れていても雨が降ったとしても……」

そう呟きながら、壱之助は盃の酒を滴らせた。すると、不思議なことに、月の中に、星のような形が浮かび上がってきた。

「あ、兄ぃ、これは」

「五芒星だ」

陰陽道で魔除けの呪符としても用いられる五芒星は、陰陽五行説を図で表したものだとされる。すなわち、木・火・土・金・水五つの要素は互いに干渉し合いながら、一つの大きな宇宙を構成していると考えられているのだ。天下を治める力を持つという五宝もその五つの要素に準じている。

壱之助は、絵図の五芒星からまっすぐ下に指を辿った。そこには一艘の舟が描かれてあった。そして、その帆先が目指す先は五大堂であった。

「宝は五大堂の秘仏の中。吉村公は御開帳の折に、そのことに気づいた、ということか」

宗信の問いに、壱之助は頷いた。

「ああ。政宗公も水戸の殿と同じく、五宝を揃えるおつもりだったということもな。それゆえの、上々段の間がだったことも」

上々段の間は天子さまをお迎えするためのもの――。壱之助は、瑞巌寺で照雲から聞いた話を思い返していた。

「五宝が揃ったとき、政宗公が夢見た王道楽土が完成する……」

壱之助は外へと目を転じた。

月の光を浴びて煌めく海面の向こうに五大堂が浮かび上がっていた。

五大堂に賊が入ったという知らせが藩主斉邦の元に届いたのは、参勤交代で国入りしたその日のことであった。当然、その場にお蘭もいた。

「何か変わったことはなかったか」と尋ねた斉邦に、国家老は事の次いでのように「五大堂に賊が入ったようで」と答えたのだ。

政宗公の二百年忌を執りおこなう準備のために、五大堂の中に入った僧が『天』と書かれた札が貼られているのに気付いたのだという。

「『天』の札ですって！　何が盗まれたのです！」

斉邦の横で、お蘭は思わず声を上げた。『天』の札は壱之助たち天下小僧が盗みに入った証だ。穏やかでいられるわけがない。それなのに、この国家老という男はおっとりと構えて余裕すら感じさせる。何事だと思ったからだ。

まだ側室でもない女に口を挟まれて、国家老は一瞬むっとした顔になった。

「ちゃんと答えよ！　何を盗られたのだ。早う申せ！」

と、斉邦も声を荒らげた。

「ははぁ」

国家老はかしこまってみせたものの、すぐにまた余裕のある笑みを漏らした。

「それが殿、盗られたものは見当たらぬというのです。何やら奇妙な話ですが、賊は不動明王に畏れを抱いたのでございましょう。来た証に札だけ置いて逃げたようで」

「まことか」

「はい。明王像には傷一つなかったということでございました。ご安心を」

「つまり、『竜虎の目』も無事ということか」

そう応じた斉邦に、お蘭は問いかけた。

「殿様、そこに『竜虎の目』が？」

「ああ。そう聞いている。まことに盗られていないのだな」

「はい。そのようでございますな」

と、国家老は頷いてみせた。

「胎内深く秘められた宝。明王像に異変がない以上、確かめるまでもないことで」

国家老はそう微笑みながら答えた。

「お疲れのところ、馬鹿話をしてしまいました。どうかお許しを」

国家老はそう言って、斉邦の前を辞したのだった。

「ふっ、くだらぬことを。やれやれ怒って損をしたな」

斉邦はそう笑うと、お蘭を見た。

「さようですね」

そう応じながらも、お蘭は「やられた」と心の中で呟いた。窮屈な駕籠（かご）での長旅を耐えて遠く奥州まで来たのに、とんだ無駄足を踏んでしまった。壱之助たちが狙った獲物を盗まずにすごすごと帰るはずがない。間違いなく、壱之助は『竜虎の目』を手にしたに違いないのだ。

その夜、お蘭の姿は仙台城から消えた。

一方、奥州での仕事を済ませた壱之助たちは江戸に戻っていた。

神田の屋敷に戻る前に、聚蛍寺に立ち寄った壱之助は、哲善に預けていた『淀殿の涙』を受け取ると、徳川斉昭に一度お目にかかりたいと申し入れた。

「では、首尾よく、政宗公の虎目石も手に入ったということだな」

哲善が問うと、宗信と判二がちらりと壱之助を窺うように見た。

「そのことは、直接、斉昭さまにお話ししたいと存じます」

「うむ。わかった。すぐにでも取り図ろう」

と、哲善が頷いた。

「ところで、お千与さんは？」

と、判二が辺りを見渡すようにしながら尋ねた。

「ああ、先ほどまでおったのだがな。おかしいな。お前たちが帰ってきたのはわかったはずなのだが。お前たちが行った後は、それは寂しそうにしておってな」

と、哲善がそう言ったときであった。

「お帰りなさいませ！」

と、笑顔の千与が顔を見せた。えらく元気そうな笑顔だ。手には風呂敷包みを提げている。

「だって、神田へお戻りでしょう？」

どうやらすぐにでも帰れるように自分の荷物をまとめていた様子だ。

「……やれやれ、儂はよほど嫌われておったのか」

と、哲善がつまらなそうに小さく呟いた。その顔がおかしいと判二が吹き出し、宗信も壱之助も笑顔になった。

「なにか、おかしいですか？」

と、千与が怪訝な顔になった。

「いや、なんでもない。さ、帰ろうか」

「はい！」

と、千与は壱之助を眩しそうに見てから、娘らしい恥じらいの笑顔を浮かべた。

壱之助の帰りを、首を長くして待っていたのは千与ばかりではない。火附盗賊改方の同心、蟹丸彦三郎もその一人であった。

「まったく、ひどいですよ、私に内緒で旅に行くなんて」

壱之助が戻ってきたことを知って、神田の屋敷にやってきた彦三郎は、壱之助たちを前にひとしきり愚痴を言った。面倒くさい男だと閉口した宗信と判二はそれぞれに用事があると言って席を外してしまったが、彦三郎はそんなことはお構いなしだ。

「箱根のときといい、今回といい、私はいつも置いてきぼりです。しかも戻ってきたなら、戻ってきたと、一言、使いをくれればよいでしょうに」

半月ほど会わなかっただけなのにと、壱之助は苦笑するしかない。

「私にも詳しいことは何も教えてくださらないのですよ」

と、茶を運んできた千与までもが彦三郎に同調する。

「まったく、ひどい話だ」

「はい、さようです」

「ああ、悪かった。この通りだ」

と、壱之助は謝ってみせた。

「けど、彦さんには大事なお役目があるだろう。違うか？」

「ああ、そのこと、そのこと」

　と、彦三郎は茶を一口すすり、「あの、髑髏明神のことなんですよ」と話し始めた。

「髑髏明神が殺されたのはご存じでしょう」

「ああ、御神体も奪われたんだろう。ひどい殺されようだったと聞いたが、下手人はみつかったのか」

「それがまだ……」

　と、彦三郎は渋い顔で首を振った。

「それに、近頃、似たような殺しが二件も立て続けに起きているんです。頭をざっくりと割られたむごい有様はまるで鬼のような所業だと、瓦版などはこのように書き立てる始末で」

「まぁ、怖いこと……」

　と、彦三郎は懐から読売を取り出した。

　と、千与が怯えたような声を出した。

「すまん、すまん。でも案ぜずともよい。鬼などいるわけがない。いたとしても、必ずこの私が捕まえてみせる」

と、彦三郎は胸を叩いてみせた。

「はい」と頷いたものの、千与は青ざめた顔のまま、そっと部屋を出て行った。心配そうに見送っている彦三郎に向かって壱之助は問いかけた。

「鬼とは物騒だな。手がかりはありそうか」

「これまで出没したのは向島、髑髏明神があった本所界隈なのです。今夜も夜回りは続けるつもりですが」

「そうか、気をつけろよ」

と、応じてから壱之助は茶をすすった。

髑髏明神はこと切れる寸前、確かにこう言った。

「お、鬼……か、かみ」

最初に聞いたときには、「かみ」の言葉にばかり気がいっていたが、鬼に殺されたということなのだろうか。あのときの血の匂いが蘇ってきて、壱之助はふーっと吐息を漏らした。

四

水戸街道を江戸へと戻る人の流れの中に、鳥追い姿に身をやつしたお蘭の姿があった。

江戸市中に入ると、行き交う人の流れは活気に満ちてくる。

飴を売る行商人の声も、怒鳴り合う職人の声さえもお蘭には心地良い。

「ああ、やっぱりお江戸はいいねぇ」

と、独りごちたお蘭の耳に、「またまた鬼が出た」と騒ぐ読売屋の声が飛び込んできた。

「ねぇ、兄さん、鬼ってのは何だい」

読売屋に群がっている男に訊くと、本所に出る化け物だと言う。

「髑髏明神もこの鬼にやられたんだって、もっぱらの評判だぜ」

「へぇ、本当かい？」

髑髏明神の手から黒水晶を奪ったのが化け物だというのか。お蘭が疑わしそうな顔をしたせいか、男は親切に「もう読んだから」と、読売をくれた。牛のような角をはやした鬼が人を食う絵が描かれてあった。子供騙しの絵だ。お蘭はまじまじと眺めた。

本所に出没する鬼は既に何人も人を殺しているらしい。

「鬼が人をねぇ……」

ふっとお蘭の口元が緩んだ。

鬼など怖くはない。この世の中で一番怖いのは人だ。どうせ悪事の好きな男の仕業だろう。血を好む男は嫌いではない。いや、どちらかといえば好みだ。しかもそいつが、あの黒水晶を手にしているのだとしたら見過ごせるわけがない。

「フフフ、会ってやろうじゃないか」

お蘭は楽しみだと、笑みを浮かべた。

五つ半（午後九時頃）が過ぎた。日中、人通りが絶えない吾妻橋もひっそりとしている。蟹丸彦三郎は橋を渡りながら、油断なく辺りを見渡していた。

壱之助に話をしてから空回りが続いている。つまりは人が殺されないという意味だが、鬼が捕まっていない以上、江戸の人々は安心して暮らすことができない。通りに夜泣き蕎麦の屋台一つ出ていないのが、その証拠だろう。早く捕まえてしまいたいと、彦三郎は気ばかりが焦（あせ）っていた。

「今宵こそは出るでしょうか」

と、彦三郎に問いかけたのは、同じく火附盗賊改方の同心を今年になって拝命したばかりの北浦和馬（きたうらかずま）であった。

「わからん、気を抜くなよ」

と、彦三郎が答えたときであった。本所の方向から、けたたましく犬が吠える声が聞こえてきた。が、次に「ギャン！」と一声吠えたきり、ブチ切れるように途絶えた。

彦三郎は和馬に「行くぞ！」と声をかけると、駆けだした。

角を曲がったところで、和馬が何かに躓いて転びそうになった。

「こ、これは」

躓いたのは、犬の首であった。だが、さらに、その向こうに血飛沫(ちしぶき)をあげて倒れ込む男の姿が見えた。

「ハハハ……」

不気味な笑い声がした。倒れた男の横に夜目にもわかる大男が抜き身を提げて立っている。六尺（約一八〇センチ）はあるだろう。髪はない。まるで海入道のようだ。

和馬はごくりと唾を飲んだまま、硬直したのか、立ち尽くしている。

「お前が鬼か！」

彦三郎は言うや否や、刀を抜きはらい、男の前に立った。男の顔はよく見えない。

「フフ……ハハハ」

男は不気味な笑い声をやめない。

雲に隠れていた月が出てきた。男の頭部に酷い傷痕があることに彦三郎は気づいた。

ビュンと風切り音がして、男の刀が彦三郎の頭上めがけて振り下ろされた。太刀筋は上手いわけではない。間合いを計るわけでもなく、有り余る力で押してくる剣だ。

彦三郎はすんでのところで刃をくぐると、男の足を払った。が、一瞬早く、男は飛んだ。大きな身体に似合わず、動きは速い。

「うわぉ！」

獣のような唸り声をあげて、男の刀が再び振り下ろされた。何が何でも頭を狙ってくるつもりらしい。

ガツン！　刀が交わり、火花が散った。彦三郎の手に痺れが走った。力では負けてしまいそうだ。彦三郎は巧みに刀を廻すと、男の刀を巻き上げ空に飛ばした。

「和馬っ！」

短く彦三郎は叫んだ。その声にはっと気がついた和馬が救援を知らせる呼子(よびこ)を吹いた。

得物を失った男は憎々しげに彦三郎を睨みながら、じりじりと後ろへと下がっていく。

彦三郎は追い込んだ。

「逃すか！」

彦三郎は大上段に刀を構えた。男が踵を返した瞬間を逃さず、振り下ろした。微かに手ごたえがして、男の衣が切れ、背中が露わになった。月の光を浴びて、鮮やかな刺青が浮かびあがる。

「うっうぅぅぅ！」

男は手近にあった天水桶を彦三郎に向かって叩きつけた。一瞬、彦三郎が怯んだ隙に男は猿のような素早さで、屋根へと飛び乗った。

「待て！　待たぬか！」

彦三郎は叫んだ。

この様子を物陰から見ていた女がいた。夜鷹に身をやつし、鬼が出るのを待ち伏せていたお蘭である。

「あれは……」

茫然と立ち尽くしたお蘭の前に、ふわっと黒い大きな影が舞い降りた。

先ほどの鬼だ。鬼は血を浴びた顔でにたりと笑うと、お蘭に迫った……。

「つまり、惜しいところで逃げられたということか」

壱之助の問いに彦三郎は頷いた。翌日、彦三郎は壱之助の屋敷を訪ねてくると、鬼を追い詰めたときのことを無念そうに話してきかせた。

「それなのに、上はこの件についてはもう調べるなというのです。いったい何を考えているのやら、町方も手を焼いているというのに」

「奇妙だな」

「そうなんですよ……あ、それと一つ伺いたいのですが」

と、彦三郎は壱之助ににじり寄った。

「たしか、壱之助さんは、牛頭(ごず)は死んだはずだとおっしゃっていましたよね」

「ああ。それがどうした」

「奴の背中を斬ったとき、刺青が見えたのです。顔が牛をした鬼の。あれは牛頭の刺青ではないかと。確か、そんな刺青を背負っていると聞いたことがあります」

「まさか」

ありえないと壱之助は首を振った。しかし、壱之助の脳裏には自慢げに刺青を見せた牛頭の顔が蘇ってきた。

「見ろ、顔が牛、身体は鬼、これが地獄の番卒だ」そう言って笑った牛頭は、それから間もなく竜の頭の元を離れ、非道な殺しをおこなうようになった――。

「まぁ、そんな刺青、入れようと思えばだれでも入れられるものですが。……あ〜あ、それにしても悔しい。あと少しだったのになぁ」

「どこで見失ったんだ？」

「小梅御殿の辺りです」

小梅御殿とは水戸家下屋敷のことだ。向島といえば以前盗みに入った中野碩翁の隠居所が有名だが、水戸家下屋敷は碩翁屋敷より南、吾妻橋よりに広大な敷地を有していた。

上屋敷が公的な役目を担っているのに対して、下屋敷は私的な意味合いが強い。

実はその日の朝、壱之助の元に、哲善から水戸さまと会う段取りが整ったと連絡が入っていた。しかも、会うのは吾妻橋の下屋敷、つまりは小梅御殿のことだ。何やら奇妙な符丁が揃ってきたような胸騒ぎがする。

「どうかしたんですか？」

黙ってしまった壱之助を気遣って、彦三郎が問うてきた。

「いや……。彦さんは、水戸さまと何かかかわりがあると考えているのか」

「まさかそれはないでしょう」

今度は、彦三郎が「まさか」を口にした。

「仮に水戸さまと何か関わりがあるとして……そうだとしたら、上が嫌がるのも道理。しかし、そんなことがあるんでしょうかねぇ。いや、そんなはずは」

再び黙り込んだ壱之助を前に、彦三郎も難しい顔で自問自答を繰り返していた。

「お前さん、何でどうして、すぐに戻ってくれなかったのさ」

お蘭は牛頭の腕の中にいた。お蘭の前に舞い降りた牛頭は彼女を抱き上げ、暗い穴蔵のような場所へ連れ込んだ。そして、獣のような激しさでお蘭を求め続けたのだった。

当然、お蘭は牛頭が自分との再会を喜んでいるのだとそれに応じた。だが、何か様子が違った。激しい抱擁の最中も牛頭の目はどこか遠くを見ていた。いや、もっと言えば目の焦点が合っていない。

「ねぇ、ひどいじゃないか。お前さん、私がどんな思いでいたか、わかるかい？」

お蘭は牛頭を激しく揺さぶった。

「……お、お前は……俺を知っているのか」

ようやく口を開いた牛頭の答えは意外なものだった。ゆったりと、どこかネジが外れたような口ぶりも以前の牛頭とはまるで違う。

「えっ……何を言ってんだい？　寝呆けてるのかい？　しっかりしておくれよ」

「教えろ、お前は……誰だ」

「誰って、私はあんたの女房じゃないか」

「女房、お前が……俺の」

牛頭は「うぅぅぅ」と唸り声をあげると、頭を掻きむしり始めた。

壱之助に斬られた箇所は痛々しい傷痕となって、牛頭の頭に残っている。

「もしかして、あんた、自分の名前もわからないのかい？」

「俺は……俺は……」

牛頭は、自分の頭を拳で殴り始めた。

お蘭は止めようと必死になって牛頭を抱きしめた。

「お前さん、やめて、やめておくれ。大丈夫、大丈夫だから……」

牛頭は記憶をなくしていた。自分がどこの誰か、今までどうやって生きてきたのかがすっぽりと抜け落ちていたのだ。

「……お、俺は……気が付いたら、ここにいた」

ぽつり、ぽつり、牛頭は話し始めた。どうやら壱之助に斬られて川に落ちた後、誰かに助けられたということのようだ。

「ねぇ、ここはいったい、誰の御屋敷なんだい？」

「と、殿様……水戸の殿様……ご、ご主人さまだ」

「えっ、じゃ、あれかい。水戸の殿様に助けられたっていうのかい？」

お蘭はそう問いかけたが、牛頭はまともな返事ができなかった。

「お、お前、可愛い……俺の側にいろ」

「ね、こんなとこ出ようよ。隠れ家なら用意するからさ」

暗くじめっとして、陽も当たらないような場所は嫌だとお蘭は言った。

「出る？　……いや、俺はここにいる」

「なぜだよ。誰かに仕えるだなんて、お前さんらしくないじゃないか」

なおもお蘭はかき口説いたが、牛頭は首を縦に振らなかった。

「……お前、あれを持っているか」

「あれって？」

「あれだ。あれ。あれが欲しい！　今すぐ欲しい、出せ！」

牛頭は急に人が変わったように激しく、欲しい、欲しいとがなり立てた。

「お前さん、ちょっと、お前さん」

お蘭は牛頭を止めようと必死になったが、牛頭はお蘭を突き飛ばした。

「お前さん！」

非道な男だが、これまで一度も手を上げられたことがなかったお蘭は愕然となった。

と、そのときだった。扉が開いて、侍女を連れた女が現れた。女は高価そうな打掛を身に纏い、色白のまるでひな人形のような高貴な目鼻立ちをしている。

「よ、吉子さま。くだされ、早う、早ぅ」

と、牛頭は跪き、拝んだ。女の名は吉子。斉昭の正室である。

「よしよし。そろそろ切れる頃であったな。ほら、やろう」

吉子はそう言うと、侍女に命じて牛頭に丸薬を与えた。牛頭はそれをボリボリと旨そうに噛み砕いた。

「そう慌てずとも、水をやろうほどに」

まるで可愛がっている犬にでもするように、吉子は牛頭の頭を撫でた。牛頭はそれを拒もうともせず、うっとりと、涎を垂らして愉悦の表情を浮かべている。それはお蘭も見たことのない牛頭の姿であった。

「あんた、やめて!」

お蘭は牛頭と吉子の間に割って入り、牛頭を引きはがすと、吉子を睨みつけた。

「な、何をしたんだい、この人に!」

「しようがあるまい。こうしておかねば、すぐに血を求めて外へ出たがるのじゃ」

吉子はおっとりとした口調を崩さない。

「だ、誰だい、あんた」

「そなた、この鬼の女房らしいな」

「だったら、何だい」

「返して欲しいか、この鬼を」

「ああ。返しておくれ。連れて帰るよ」

「それもよいが、もうこの鬼はこの薬なしでは生きていけぬぞ。それでもよいのか」

と、吉子はフフフと小さく笑った。

「構うもんか。この人は私の亭主なんだから」

お蘭は、牛頭をひしと抱きしめた。

「それほどに愛おしいか」

「悪いかい」

と、お蘭は吉子を睨みつけた。だが、吉子はたじろがなかった。

「いや。じゃがな、亭主の命の恩人に対して、そなた、礼儀を欠いておるとは思わぬか」

諭すかのように、吉子はお蘭を見つめ返す。

「……何を、何をしろって言うんだい」

「フフ、聡(さと)いおなごじゃな。気に入った」

と、吉子は満足気に微笑んだ。

「じゃがな。少々難しいぞ。この世には五宝と呼ばれる五つの宝があってな。その中の『翡翠観音』をみつけてくることができれば、この鬼も薬もやろうぞ」

「ハハハ……」

お蘭は笑い出した。

「何がおかしい」

「簡単すぎてさ。このお蘭さまを馬鹿にするんじゃないよ。『翡翠観音』ならすぐにでも取ってきてやるよ」

吉子は疑わしい目でお蘭を見た。お蘭は自分が優位になったと愉快な気分になった。

「そなた、知っているのか、五宝のことを」

「ああ、水戸の斉昭公が全て揃えたがっていることもね。天下を獲る宝なんだろう。鍋島家が持っていたお宝が『翡翠観音』。それを竜の頭から奪ったのはこの私さ」

どうだ。驚いたかとお蘭は自慢げに吉子を見た。

「なるほど、さようか。鬼は良い女房を持ったようじゃな」

吉子は薄っすらと笑みを浮かべた。牛頭は気持ちよさそうにいびきをかいて寝入っている。

「ああ。じゃ、取りに帰るよ。持ってきたら、この人は私のもの。それでいいね」

交換条件を突き付けたお蘭に、吉子は頷いてみせた。

お蘭は、名残惜しそうに牛頭をもう一度見てから、外へ飛び出していった。

五

斉昭と会う日が来た。

その日の朝、壱之助、判二、宗信は小梅御殿へ向かっていた。大川にかかる吾妻橋を渡り、川沿いに左手にほんの少し歩くと、長塀に囲まれた大きな敷地が見えてきた。この辺りは小梅村と呼ばれる梅の名所で、そこから小梅御殿と呼ばれるのだ。

正面には入母屋造りの屋根が乗った重厚な門、そしてその左右に向唐破風（むかいからはふ）造の番所。下屋敷といえども、この堂々たる風格は三十五万石の証だ。話は通っているのだろう。門番はすんなりと一行を招き入れた。

広い庭の中心には大きな池があり、それを回遊するような形になっているのも大名屋敷らしい。ここで待つようにと通された座敷は折上格天井がしつらえてあり、狩野派の手による襖絵が描かれてあった。床の間の床柱には節のある見事な変木が使われてある。

いずれも瑞巌寺で観たような壮麗さはないにせよ、十分に徳川御三家としての格式が感じられるものであった。

しばらく待っていると、「殿のお越しである」と前触れがあり、壱之助たちは作法通り、平伏して斉昭を待った。

やがて、一段高くなった上座に人が来た気配がして、「苦しゅうない。面を上げよ」と、重圧感のある声がした。

「ははぁ」

返事をして、壱之助は顔を上げた。座敷上座には、小姓を従えた男の姿があった。

恰幅良く、何事にも動じないような押し出しの強さに見覚えがあった。

髑髏明神の元で紙屋長兵衛を名乗った男だ。その男が今、壱之助に笑いかけていた。

「よう参った。そのほうが天下小僧か」

「………」

壱之助は斉昭へ顔を向けたまま黙っていた。宗信と判二が落ち着かないそぶりで、壱之助を見た。

「……天下小僧は我ら三人でございます」

壱之助は斉昭の目を見据えたまま、静かに答えた。

「うむ。そうか。喜左衛門の手の者と聞いたがまことか」

「はい」

「ならば、話は早いな。さ、お前たちが持っているのは、『淀殿の涙』と『竜虎の目』であったな。早う見せてくれぬか」

斉昭は挨拶もそこそこに宝を出せと急かした。喜左衛門こと、竜の頭に対する哀惜の言葉がないことに、壱之助は軽い失望を感じた。

「……その前に、殿様にお伺いしたいことがございます」

と、壱之助は申し出た。

「何じゃ」

「殿様は、他の宝の在りかをご存じでしょうか」

「『白珠の弓矢』は帝の御許だ。『髑髏水晶』と『翡翠観音』は既にわが手に入った。お前が案じることはない。後はそのほうが持っている宝を残すのみじゃ」

斉昭は自信満々に答えた。

『翡翠観音』も手に入ったということは、お蘭も斉昭に籠絡(ろうらく)されたのだろうか。

「それらを拝見することは叶いましょうか」

と、壱之助は願い出た。

「焦(じ)らしおって。他の宝も観たいか」

「是非とも。私に五宝のことを託した亡きお頭も、揃うところを観たかったに違いないのです。殿様の偉業を共に喜びたかったかと」

「なるほどのぉ。まぁよい。並べたところを共に楽しむか」

斉昭は鷹揚に笑ってみせた。斉昭は立ち上がると、床柱に歩みよった。中ほどにある握りこぶしほどの瘤(こぶ)に手をやる。そこに仕掛けが施してあるのか小さな突起があった。斉昭はそれを強く押した。すると、ぎぎっと小さく音がして、床の間の壁が動いた。

「ついてくるがよい」

斉昭は壱之助らを隠し部屋へといざなった。

中に一歩入った刹那、壱之助はたじろいだ。後に続く宗信と判二も一瞬、ぎょっとしたような顔になった。それは辺りを包む強烈な氣のせいであった。身の内が凍るような冷たさと激しい憎悪が込み上げてくる。その氣は正面の神棚、四つ並んだ三宝のうちの二つに載せられた『翡翠観音』と『髑髏水晶』から発せられていた。目にははっきり映るわけではないが、それらの背後にはどす黒いものが渦巻いているかのようだ。

斉昭は壱之助たちの様子を満足そうに見つめていた。宝を見て感激のあまり声も出ないのだろうと思ったようであった。

「遠慮するな。もっと近うに来てよいぞ。さ、ここに並べてみせよ」

斉昭は壱之助に宝を出すように命じ、残り二つの空いている三宝を指さした。だが、壱之助は動かなかった。その代わりに斉昭に問いかけた。

「……殿様は、五宝を揃えて、何をなさるおつもりでしょう」

「決まったことよ。天帝を仰ぎ、この国の苦難を乗り切る。それ以外に儂の勤めはない。五宝はそのためのものだ」

「五宝はまことに世の為になるものだとお考えでしょうか」

「無論じゃ。なぜそのようなことを訊く」

「私にはそうは思えぬからです」

「何っ」

ぎろりと、斉昭は不快さを隠そうとせず、壱之助を睨んだ。

「『白珠の弓矢』は存じません。けれど、他の宝を私はこの目で見て、触れました。そして今また感じたのです。これらは世に出してはならぬものだと」

「笑止。御託を並べず、さっさと出さぬか」

と、斉昭は再び宝を催促した。

壱之助が黙っていると、斉昭は後ろに控えていた警護の侍たちに目を向けた。侍たちが一斉に刀を抜きはらった。剣先が壱之助たちを囲む。

「さ、力ずくでも置いていってもらうぞ」

「やはり、そういうことか」

壱之助は嘆息を漏らすと、懐に手を入れた。侍たちに緊張が走ったが、斉昭はそれを手で制した。

「さ、おとなしく渡すがよい」

返事の代わりに、壱之助は懐から取り出したものを斉昭の前に投げつけた。バンと破裂音がして、激しい閃光と白煙が辺りを包んだ。

わっと声を上げ、侍たちが右往左往する中、「宝を、宝を守れ！」と斉昭の声が響いた。

だが、白煙が消えたとき、斉昭が目にしたのは『天』と書かれた札のみ。壱之助たちの姿はもちろん、『翡翠観音』と『髑髏水晶』、二つの宝も消えていたのであった。


その頃、お蘭は小梅御殿の座敷牢に閉じ込められていた。

手足を拘束され猿轡をかまされても、お蘭は必死に逃げようともがいていた。

くそ、あの女……。

『翡翠観音』を持ってきたのに、吉子は牛頭を解放しなかったばかりか、お蘭を牛頭と引き離したまま、座敷牢に放り込んだのだ。

表で何か起きたのか、人が騒いでいる声がしてきた。必ず逃げてやる。お蘭はその機会をうかがっていた。


小梅御殿から逃げ帰った壱之助たちの姿は聚蛍寺にあった。

「首尾はどうだったのだ」

と問う哲善に向かって、壱之助は無言で懐から『淀殿の涙』を取り出した。続いて、判二が『髑髏水晶』を、宗信が『翡翠観音』をそれぞれ懐から取り出した。

「こ、これは。盗んできたのか」

愕然となった哲善に向かって、壱之助は頷いた。

「これらをご覧になって和尚は何を思われますか」

「どうと言われても……どれも美しい、美しいが」

哲善は宝を見つめながら、言葉に詰まった。血の色にも似た紅玉、果てしない闇を思わす黒水晶、そしてなんと、二つの宝に挟まれた『翡翠観音』の目は赤く染まり始めていた。

「こ、これは」

判二と宗信も驚きを隠せずにいた。清らかな聖母の顔は醜く憎しみに溢れた顔に変貌しようとしているのだ。

「邪悪な氣に満ちている——そうは思われませんか」

壱之助の問いに哲善はゆっくりと頷いた。

「確かに、禍々しい……しかし……。では、『竜虎の目』はどうしたのだ？」

「ここにはありません」

と、壱之助が答えた。

「置いてきたのですよ、あそこに」

と、宗信が重ねた。

「あそこ……五大堂に置いてきたというのか？　盗みに入ったのではないのか」

「盗みに入るには入りました」

と、壱之助は頷いた。

絵図に浮かび上がった五芒星、そこから降りた線の先に描かれていた一艘の舟。その帆先が目指す先が、宝のありか、五大堂を示している——絵図の謎を解いたあの夜、壱之助たちは、五大堂へ向かった。

五大堂は瑞巌寺守護のための五つの明王像を祀っている小さなお堂だ。瑞巌寺側の陸地から、松島の湾へと、赤い欄干のすかし橋という、渡る足元から湾の白波が見える珍しい造りの橋によって繋がっている。この橋は欣求浄土（極楽浄土を求める心）、すなわち汚れた現世から、仏の聖地へと心して渡れという思いが込められた橋である。橋を渡るとき、宗信は「まるで結界だな」と呟いた。

その先の五大堂は伊達政宗がわざわざ聖地紀州熊野から宮大工を呼び寄せて改築を施したものであった。素朴な木造だが、向拝をつけ勾欄付縁をめぐらした三間四面堂と呼ばれる造りである。梁の上の蟇股と呼ばれる部分には方位に従って十二支の彫刻が施されてあり、邪悪な者を寄せ付けないためのものだともいえた。

秘仏とされる五大明王像はその堂の中、彩色を施した家形厨子の内に安置されてあった。いずれも高さは二尺強から三尺ほど、さほど大きな像ではない。

壱之助たちはその厨子を開けた刹那、凄まじい氣に包まれた。だがそれは、斉昭の隠し部屋で感じたものとはまったく異なるものであった。清浄な光が足元から頭の先までを一瞬のうちに駆け抜け、全てのものが洗い清められていく……そんな心地がしたのである。

「い、今のは……いったい何です」

判二がごくりと唾を飲み込むと、そう言った。

「背中から何かが出ていきやした」

「ああ俺もだ」

と、宗信も驚いた顔をして頷いた。壱之助もまったく同じ思いであった。

その彼らの前には、ぎょろりと左右の目を見開いた不動明王が、四体の明王を従えるようにして立っていた。

政宗公が愛したという『竜虎の目』は、壱之助たちが睨んだ通り、不動明王の胎内に隠されてあった。だが……。

「盗らずに置いてきたのか」

哲善の問いに壱之助は頷いた。

「あれはあそこで守られているべきものです」

壱之助は哲善の目をしっかりと見つめたまま答えた。

「初め私は、政宗公は全ての宝を揃えて王道楽土を造ろうとされたのだと考えていました。けれど、あそこに立った瞬間、その考えの間違いに気づいたのです。政宗公は五宝を使って王道楽土を造ろうとしたのではない。五宝から人々を守るために建てたのではないかと」

「はい。『白珠の弓矢』のことはわかりません。けれど、あの四つは人の心を惑わせ闇に落とします。現に、水戸さまは惑わされております」

壱之助は紙屋長兵衛を騙り、髑髏明神から『髑髏水晶』を奪ったのは水戸斉昭であったと話した。

「そして、この『翡翠観音』はお蘭が持ち去ったものに間違いありません。お蘭もまた五宝に魅せられていました。ただで渡すはずがありません。何らかの取引をしたか、もしくは、水戸の殿様がお蘭を殺して奪ったか」

「殿様が闇に落ちたというのか……」

哲善は苦しそうに唸った。

「けれど、和尚はそのことを察しておられたのではないのですか」

壱之助の問いに哲善は悲しそうに頷いた。

「じゃが、そうではないことを願っていた」

哲善は、己の前に置かれた三つの宝の一つ一つにじっくりと目をやってから、壱之助を見た。

「つまりは、五宝は揃えてはならぬ。人が持つものではない。……そういうことだな」

「五宝から人を……」

「はい」

と、壱之助は頷いた。

「ではこれらは？」

「仙台へ納めにまいります」

壱之助は奥州の五大堂に残してきた『竜虎の目』と共に、この三つの宝を封印するつもりであった。五つ目の宝、『白珠の弓矢』は京の禁裏に祀られてある。四つの宝は仙台に、一つは京に離しておけば、決して揃うことはない。

「いつ発つ？　儂はともかく、千与さんはどうする？」

「そのことでご相談が」

と、壱之助が答えたときであった。

境内の方から「誰か！　和尚さま、おられますか！」と叫ぶ女の声がした。

「ん？　誰だろう」

「あれはおたつさん」

言うや否や、判二は障子を開けた。その通り、声の主はおたつであった。

「どうしたんだい、おたつさん」

「あぁ、判二、壱之助さんも、あぁ」

そう言うなり、おたつは倒れ込んだ。必死になって駆けてきたらしく、髪も着物の裾も乱れて、足が露わになっている。

「おい、しっかりしな、おたつさん」

判二が自分の茶碗をおたつに差し出した。

「だ、大丈夫、それより大変なんですよ」

と、おたつは悲壮な声を出した。

「千与さんが、大変なんですよ。さっき、表で何やら物音がすると思って、出てみたら、千与さんが、千与さんが駕籠に押し込められてるところで」

「えっ、どういうことだい、そりゃ」

と、判二が怒鳴った。

「それで、お千与さんは」

「うちの人が止めようとしたんだけど」

千与はさらわれてしまったと、おたつは申し訳なさそうに言った。勘助は千与を助けようとして重傷を負ってしまい、おたつが代わりに駆けてきたようだった。

「こ、これを」と、おたつは書状を差し出した。

「壱之助さんに渡せって」

――女を返して欲しくば、壱之助一人にて、宝を全て持ってくること。小梅御殿にて待つ――

書状にはそう記してあった。壱之助は無言で立ち上がった。

「くそぉ！」

と、判二も壱之助に続いた。

「待て。私一人で行く」

「そんなっ。兄ぃを一人でなんか行かせられませんよ。お千与さんが捕まったっていうのに、ここで待ってられるわけがないですって」

「ああ、その通りだ」

と、宗信も立ち上がった。

「今度はさっきのような訳にはいくまい。一人では無駄死にしに行くようなものだ」

「しかし……」

「水臭いぞ、天下小僧は我ら三人……そう言ったのはお前ではないか」

「そうですよ、兄ぃ。止めたって無駄ですよ。俺は絶対行きますからね！」

どうしてもついていくという宗信と判二に、壱之助は「すまん」と頭を下げた。

「だが、水戸さまに会うのは私一人でなければ」

「頑固じゃな、お前も」

と、哲善が呆れ顔になった。

「いえ、考えがあるのです。あちらの要求を呑まねば千与の命が危ない。無論、お前たちにも来てもらう」

「そうこなくっちゃ」

「ああ、何でもするぜ」

と、判二と宗信が応じた。

「儂にも何かできることはないか」

と、哲善が申し出た。

「では一つお願いが」

と、壱之助は哲善を見た。

六

火附盗賊改方同心の蟹丸彦三郎は北浦和馬と共に、宵闇の中、吾妻橋を渡っていた。

「抜かるなよ」

と、彦三郎は和馬に声をかけた。

「はい」と、若い和馬は緊張しきった顔で頷いた。

一刻ほど前のことだ。役宅の彦三郎の元に、門番が、手紙が届いたと持ってきた。

手紙の表には、墨跡もみずみずしく、「蟹丸彦三郎殿」とある。裏に、名前はない。

「何でしょぅ?」

一緒にいた和馬が尋ねた。

「一体これは誰から?」

門番は、雲水姿の僧侶が渡してくれと置いていったという。

「雲水?」

「はい。何やら、急ぎのご様子で。渡してもらえばわかるからと」

彦三郎はその場ですぐに手紙を開いた。

――今宵五つ、小梅御殿に天下小僧が現れる――。

「いたずらでしょうか」

横から手紙を覗き込んだ和馬が、真剣な顔になった。

「本当なら、お頭に」

役宅に戻って報告しようとした和馬を彦三郎は、「無駄だ」と止めた。

本当のことであっても、水戸藩下屋敷の小梅御殿は火附盗賊改方の手の届くところではない。上司に相談したところで、一蹴されてしまうのは今までの流れで承知済みだ。

「どうするんですか」

鬼退治のときに手も足も出なかった和馬は、今度こそは手柄を上げたいと思っているのだろう。気迫のこもった目をしている。

「上手くすれば、天下小僧と鬼退治、両方できるかもしれませんね」

「欲はかかぬ方がよいが、捨ててはおけぬ。行くか」

「はい！」

と、二人して、ここまでやってきたというわけである。吾妻橋を渡れば小梅御殿はすぐそこだ。

そろそろ五つ（午後八時）――、今宵は雲が重く垂れさがり、月も見えない。

小梅御殿の門は固く閉じられていたが、番所には門番の他にも数人の番侍が詰めているようだ。一人が出てきて、油断なく辺りを見ていた。

「水戸さまにも天下小僧の前触れがあったのでしょうか」

と、和馬が問うた。

「さぁ、そうかもしれんな」

と、そのとき、ゆらゆらと提灯の灯りがこちらに近づいてきた。手代と番頭を連れた大店の主人らしき男だ。手代は風呂敷に包んだ荷物を持っているようだ。

「あれは、日本橋の紙長ではありませんか？」

提灯の屋号を見て、和馬が言った。

確かに、向こうからやってきたのは以前、日本橋の店で会った紙屋長兵衛であった。長兵衛も彦三郎たちがいるのを認めると、わざわざ近づき、如才ない笑顔を浮かべて挨拶をしてきた。

「これは、これは火盗改の旦那ではありませんか。お役目ご苦労さまに存じます」

「うむ。今日はこちらに用事か」

「はい、ご機嫌伺いに参りました。旦那は見回りでございますか」

「ああ。この辺りは鬼が出るからな。それに……天下小僧がこちらの御屋敷を狙っているという話もあってな」

「まぁ、それは怖ろしいこと。殿様にも十分ご注意をと申し上げねば」

「ああそうしてくれ」

「はい。では失礼を」

もう一度、丁寧にお辞儀をしてから、長兵衛は小梅御殿へと歩みを進めた。長兵衛は門番とは顔見知りらしい。何やら楽しげに話を交わしてから、すぐに通用門をくぐって、中へと入っていったのだった。

ここはいったい、どこなんだろう。

気付いたとき、千与は座敷牢に放り込まれていた。腕を後ろに回された形で縛られているので、自由が効かない。

広いお屋敷だということはわかる。だいたい、普通の家に座敷牢なんてない。あっと思ったときには、当て身を食らわされていて、後はおぼえていない。

いったい、誰が何のために、私を……。

どれくらい時間が経ったのか、夜になっているようだ。灯もなく部屋の中は暗い。

「う、ううう……」

すぐ近くで、うめき声がした。

「だ、誰かいるの？」

千与の声に応じるように、うめき声が大きくなる。

声のする方に、女が倒れていた。千与と違って、猿轡をかまされて、手足も拘束されているようだ。

千与は女の元ににじり寄った。手の自由は利かないが、なんとか工夫して女の猿轡を摑んで外した。

「はっ、ありがとうよ」

女が礼を言った。振り返って女の顔を見た千与は「あっ」と声を上げた。

「あ、あなたは……」

箱根の湯であった女、お蘭であった。お蘭も一瞬、驚いたようだったが、すぐに、

「いいかい、手をこっちに。ああ、そうだ」

お蘭は、千与の手首にかかった縄を、自分の顔の方に持ってこさせると、歯を使って、器用にほどき始めた。千与の手首を縛っていた縄が外れた。千与はすぐにお蘭の手足の縄をほどいた。

「あ、やれやれ、あんたの力を借りることになろうとはね」

縄が外れたお蘭はそう言うと、自嘲気味に笑った。

「なぜあなたも捕まってるんですか？　ここはいったいどこなんです？」

「話は後だよ。それより、どうやって逃げようかね」

そうお蘭が囁いたときだった。

廊下で何やら人の話し声がした。見張りが来たのかもしれない。

「ちぇっ」と、お蘭は小さく舌打ちすると、せっかく外したばかりの縄で千与をまた縛り始めた。

「何を！」

「しっ、静かに。見張りに気づかれるだろ」

抗おうとした千与にそう言うと、お蘭は自分でも自分の手足に軽く縄をあてがい、隅に寝転がった。千与も仕方なく目を閉じ、気を失ったままのふりをした。

「紙屋がご機嫌伺いにと参っております。今宵はお忙しいからと言ったのですが、どうしてもお目にかかりたいと申しておりまして……何やらお探しの物のことでお話がと」

申し訳なさそうな用人からの知らせで、斉昭は会見用にしている座敷に向かった。

紙屋長兵衛にも五宝のことは話してあった。天下小僧が持ち逃げした宝のことで何か話があるのかもしれない。

「久しぶりじゃな」

一人、平伏して待っていた長兵衛に向かって、斉昭は声をかけた。

「はい。夜分に申し訳ございません。殿様におかれましては、ご機嫌麗しゅう」

「挨拶はよい。話を聞こう」

「では」と、長兵衛は顔を上げた。いつもなら如才のない笑顔を浮かべている男が、何やら、厳しい目をしていることに、斉昭は違和感を覚えた。

長兵衛は斉昭を見据えたまま、こう言った。

「今日は御諫めにまいりました」

「何じゃと」

「殿様、私の名を騙って、お遊びをなさるのはよろしゅうございます。けれど、我欲のまま、人を殺すのはよくありません」

「何っ」

長兵衛の偉そうな言いように、斉昭はむっとなった。

カチャ、静かに鍵が開く音がした。

薄目を開けた千与は、思わずあっと声を上げるところであった。入ってきたのは判二と宗信だったからだ。

「判二さん、宗信さんも」

「お千与さん、大丈夫か。怪我はしてねぇか」

「え、ええ」

「よし立てるか」

宗信の問いに「はい」と答えてから、千与は後ろを振り返った。

お蘭が縄を払って、立ち上がるところだった。

「フン。お嬢さんはいいねぇ。二人がかりで助けに来てもらえて……いや、あいつも来てるんだね」

「お、おめぇは」

と、判二がお蘭を睨んで摑みかかろうとしたのを、宗信が抑えた。

「争っている暇はない」

「けど、この女はお頭の仇だ」

竜の頭に世話になったのは判二も同じであった。が、判二と宗信が目を放した隙に、お蘭はさっと外へ出た。

「おい、待て」

待てと言われて止まる女ではない。お蘭は「助かったよ」と、にやっと笑うと、そのまま踵を返した。

「くそっ」

悔しそうな判二の横で、宗信が懐から取り出した酉笛(とり)に息を吹き込んだ。

ホッホォ……まるで本物の梟(ふくろう)が鳴いたような音が響いた。


そのとき、怯むことなく斉昭を睨み続けていた長兵衛の耳にも酉笛の音が聞こえた。

「ましてや、罪もない娘をかどわかすなど、君主たる器の方が為すことではない。今のあなたに、宝を渡すわけにはいかない」

長兵衛は言うや否や、立ち上がると、ばっと羽織を脱いだ。空を舞った羽織が斉昭の顔にかかった。

「何をする！　長兵衛、乱心したか！」

怒りながら、羽織を払いのけた斉昭の前に立っていたのは紙屋長兵衛ではなかった。

「き、貴様、天下小僧だったのか！」

紙屋長兵衛になりすまして斉昭に苦言を呈していたのは、壱之助だったのである。

斉昭の怒声を聞きつけて、供侍たちがざざっと現れた。

「ふざけた真似をしおって。女ともども、死ぬ気か」

「いいえ」

と、壱之助は首を振った。

「千与は既に返してもらいました。私も死ぬ気はありません」

「何ぃ！　目ざわりな！　始末せぃ」

「はっ！」

斉昭の命を受けた侍が壱之助に斬りかかった。壱之助は難なく躱し、その侍から刀を奪うと、その峰を返して構えた。無益な人殺しはしない——それが天下小僧なのだ。

壱之助は右へ左へ、襲いかかってくる侍たちの刀を避けながら、峰打ちを繰り返した。いずれも壱之助の敵ではない。

庭に下り立ち、侍たちをなぎ倒していく壱之助を見て、斉昭が叫んだ。

「あれを、あれを呼んでこい！」

その声に呼応するかのように、「うわぁぁ」と不気味な声がした。そうして、奥からまるで仔牛のような大きな男がぬっと現れた。

その男の顔を見て、壱之助は愕然となった。この手で殺したはずの牛頭だったからだ。

「……生きていたのか」

だが、牛頭は壱之助を見ても何の感慨もないのか、うつろな目をしているばかりだ。

「鬼よ、殺れ、そうだ。こいつだ」

斉昭が命じると、牛頭は嬉しそうににたりと笑った。

「うぉぉぉ」

牛頭は激しい咆哮を上げると、手始めに、前にいた侍をどけとばかりに斬った。悲鳴を上げる間もなく、侍の首が飛ぶ。

牛頭はその血飛沫を浴びて、ニタニタと笑いながら、壱之助に突進してきた。

ガツン！　激しく刀が交わった。

「牛頭！　お前……」

壱之助に名前を呼ばれて、牛頭の表情がほんの少し動いた。

「お前、俺を知ってるのか……」

力は牛頭の方が強い。押されながらも、壱之助はぎりぎりのところで刀を弾き返した。

「うわぁぁ！」

牛頭は激しい勢いを崩さず、刀を突き出してきた。すんでのところでそれを避けながら、壱之助は刀を持ち変えた。峰打ちでは牛頭は抑えきれない。

「お前さん！」

そのとき、お蘭の声がした。それまでどこにいたのか。お蘭は吉子の首元に刃物を突き付けながら、斉昭の前に出てきた。

「き、貴様、何をする！」

斉昭がお蘭に怒った。

「この女の命が惜しいなら、その人は返してもらうよ。お前さん、こっちに来るんだよ」

「鬼よ、この女を始末するのです！」

吉子はお蘭の刃物を怖れもせず、そう言い放った。

「静かにしな。死にたいのかい！」

お蘭が怒鳴った。

二人の女から声をかけられて、牛頭が一瞬、戸惑った表情になった。その瞬間を逃さず、壱之助は、牛頭に向かって、刀を振り下ろした。

「ぐわぁっ！」

牛頭は躱しきれず、壱之助の刀をその右腕に受けた。ごろりと腕が落ちた。と、その刹那、牛頭の目に正気が戻った。

「お、お前……壱か」

そう呟くと、牛頭はゆらりと膝をついた。肩から血が迸る。

その様子を見て、吉子は気を失い、その場に倒れた。

斉昭も愕然となり言葉を失っている。

「お前さん！」

悲鳴を上げてお蘭が牛頭へと走り寄った。

牛頭は自ら、転がった右腕を拾い上げると、壱之助がいた方向へと目をやった。

だが、そのとき、既に壱之助の姿は消えていたのであった。

門の表で待ち構えていた彦三郎や和馬の耳にも、異様な怒号や人が慌ただしく行き交う足音が聞こえてきた。番所の侍たちも出てきて、顔を見合わせている。

「天下小僧が出たんでしょうか」

「ああ。ただ事ではないな」

彦三郎はそう応じると、正門脇の番所に向かった。

「何事ですか」

と、彦三郎が番所の侍に問いかけた。

「お主らは」

「我ら火附盗賊改方の同心。この辺りに天下小僧が出没すると聞き、見回りをしている所です」

「何、天下小僧だと」

と、そのとき、「逃げたぞ」「塀を越えたぞ」などと、騒がしい声と共に、正門脇の通用門からも侍が数名、泡を食った様子で出てきた。

「丁度よい。捕まえてくれ」

「いや、町方などに助けを頼むわけには」

と、別の侍が首を振った。

「いや、しかし」「恥をさらせるか」と、内輪揉めが始まった。

「お〜い、こっちだ。こっちに逃げたぞ！」

と野太い声が聞こえてきた。

「天下小僧だ！」

侍たちは声のする方に流れた。

彦三郎と和馬も、頷き合い、声の方へと向かって走り出した。

「必ず捕まえましょう」

「おお」

宵闇の中、彦三郎と北浦は、水戸の侍たちと走り回った。

結び　五宝の行方

虚無僧姿に身を包んだ壱之助は哲善に向かって、深々と頭を下げた。これから、壱之助は一人、『翡翠観音』『淀殿の涙』『髑髏水晶』の三つの宝を納めに奥州に向かう。五大堂で、『竜虎の目』と一緒に眠らせるのだ。そうしておけば、京にある『白珠の弓矢』とこれらの宝が揃うことは未来永劫ないであろう。

「もう行くのか」

「はい」

「あちらは伊達家のご領地じゃ。水戸さまもうかつに手出しはできまいが、気を付けろよ」

「はい。私のことはご心配には及びません」

と、壱之助は応じた。

「すぐに戻ってきてくれるのであろう？」

「いえ、私はほとぼりが冷めるまで江戸を離れていようかと。天下小僧は江戸を離れたと噂を撒いておきましたが、それで水戸さまが諦めてくださるか、わかりませんので」

「うむ、そうか……寂しいな」

「和尚こそ、お気を付けください。牛頭とお蘭は小梅御殿から消えたそうですので」

「うむ。わかっておる。儂の事は案じることはない」

「何かあれば、宗信と判二におっしゃってください。千与さんと和尚のことは守ってくれるはずです」

神田の屋敷はひとまず処分した。宗信と判二は千与と共に、竜の頭が残してくれた上野の隠れ家に移すことになった。市井の人々に紛れて暮らすこと、それが一番、安全だと思われるからだ。

「よく千与さんが得心したな」

と、哲善は感心したように壱之助を見た。

「得心はしていないでしょう。私が江戸を発つことは言っていませんから。ですから、和尚、千与さんが怒ったときはどうぞよろしくなだめてやってください」

「何……」と、哲善は目を剝いた。

「どういうことだ？」

ここにももう一人、目を剝いている男がいた。火附盗賊改方の蟹丸彦三郎だ。彦三郎は、神田の有瀬屋敷が取り壊されていることに、吃驚（びっくり）していた。

「ちょっと待て、壱之助さんはどこに行ったんだよ！」

片付けをしている連中に訊いたところで、誰も首を傾げるばかりであった。

千与は鼻の奥がツンとなるのを押さえて、空を見上げた。

暁の空に、ひときわ鮮やかに金星が輝いている。

なぜ自分があの屋敷に捕われたのか、なぜ、神田のお屋敷を出ることになったのか、なぜひっそりと暮らさなければいけないのか、訊きたいことはいっぱいあるのに、誰も何も教えてはくれない。口を開けば、「壱之助に訊いてくれ」と、それればかりだ。なのに、壱之助は旅に出てしまって当分帰らないという。

「壱之助さまなんか大嫌い」

千与は星に向かって独りごちた。

「なぁなぁ、天下小僧が箱根にいるってよ」

「違う違う、俺は加賀にいるって聞いたけどな」

「あれ、宿のばあさんは、日光だって言ってたぞ」

まだ明け切らぬ朝の街道で、男たちが噂話に花を咲かせている。もちろん、自分たちの後ろにいる雲水が天下小僧壱之助だとは気づきもしていない。

「壱之助さま！」「おい、壱之助！」「壱さん」「兄ぃ！」

自分の名を呼ぶ声がしたような気がして、壱之助は思わず、振り返った。

江戸を出てきたばかりなのに、もうみんなに会いたくなっている。

里心がついてしまったのか——。

やれやれと、壱之助は、苦笑を漏らした。

深編笠に手をやって、空を仰ぎ見る。

眩しいほどの光を放って、朝陽が上っていく。爽やかな朝の氣(き)を思う存分吸い込んでから、壱之助は歩き始めた。

編集協力／小説工房シェルパ

本書は書き下ろし作品です。

著者略歴　兵庫県出身，作家　著書『お江戸やすらぎ飯』『お江戸やすらぎ飯　芍薬役者』『お江戸やすらぎ飯　初恋』『廓同心雷平八郎』『番付屋小平太』他多数

HM=Hayakawa Mystery
SF=Science Fiction
JA=Japanese Author
NV=Novel
NF=Nonfiction
FT=Fantasy

天下小僧壱之助　五宝争奪

〈JA1508〉

二〇二一年十二月十日　印刷
二〇二一年十二月十五日　発行

（定価はカバーに表示してあります）

著者　鷹井伶
発行者　早川浩
印刷者　西村文孝
発行所　株式会社早川書房
郵便番号　一〇一 - 〇〇四六
東京都千代田区神田多町二ノ二
電話　〇三 - 三二五二 - 三一一一
振替　〇〇一六〇 - 三 - 四七七九九
https://www.hayakawa-online.co.jp

乱丁・落丁本は小社制作部宛お送り下さい。
送料小社負担にてお取りかえいたします。

印刷・精文堂印刷株式会社　製本・株式会社川島製本所

ISBN978-4-15-031508-5 C0193

本書は活字が大きく読みやすい〈トールサイズ〉です。